25年後のセックス・アンド・ザ・シティ

キャンディス・ブシュネル　長澤あかね 訳

大和書房

最高のマイ・ニュー・ボーイフレンドであるＪＨＣに。

そこにはまだ、夢の続きがあった。

ジェーン・スー

都会に暮らす独身女たちの友情や恋愛事情を、真摯に、しかし百倍ゴージャスに描いたHBOの傑作ドラマ『Sex and the city』(1998年~2004年)は、本作の著者キャンディス・ブシュネルが週刊ニューヨーク・オブザーバーに連載していたコラムが原作だ。たちまち世界中にファンを生んだ『SATC』は第6シーズンまで続き、シリーズ終了後は何年経っても熱気冷めやらず、映画も二作制作された。二作目はイマイチだったけれど。

三十歳前後を「アラサー」と呼びはじめたあの頃、私もアラサーのとば口に立っていた。いまも付き合いの続く女友達と、夢中になって『SATC』を観た日々を、昨日のことのように覚えている。どのエピソードも、私の生活にはまるで関係のないスタイリッシュなディテールで構成されているにもかかわらず、どれもが私の心をそのまま代弁する物語ばかりだった。

キャリーが好きとか嫌いとか、ミランダの気持ちはわかるとかわからないとか、サマンサの一挙手一投足に面喰らい、シャーロットの融通の利かなさに、普段は押し込めている自分の秘めた一面を見た。ミスタービッグは常にいけ好かないし（ちなみに私はスティーブ派。次点はハリー）、キャリーはいつまでも煮え切らないのでモヤモヤしっぱなし。イライラドキドキワクワクしながら、週に一度差し出される二回分の放送を、むさぼるように堪能した。

本来ならば妊娠出産子育てに充てるアラサー特有のエネルギーを、私は自分自身を定義することに注ぎ込んでいた。『SATC』にハマりまくった私は、全シーズンのDVDを買い、何度も見直した。ドラマとは異なると知りながら、原作を英語のペーパーバックでも購入した。英語力の問題から半分くらいでギブアップしてしまったけれど、いまも本は手元にある。なにもかもが過剰だった時代のお話。あれから二十年以上経ったなんて、信じられない。

ドラマが始まってから、出演者たちの仲違い（知りたくなかった！）が原因で三作目の映画制作はないとあきらめるまでの二十年間に、ニューヨークではいろんなことが起こった。同時多発テロ事件でマンハッタンの象徴だったワールドトレードセンターの北棟と南棟は崩壊し、跡地はメモリアルミュージアムになった。ウォール街に端を発したリーマンショックによる、未曾有の金融危機にも見舞われた。この原稿を書いているタイミングでは、Covid-19（新型コロナウイルス）による甚大な被害が届いている。つまり、ＣＩＴＹはもう、あのＣＩＴＹではなくなってしまったということ。

当時のキャリーたちと同じミレニアル世代が『ＳＡＴＣ』を観たら、まったく共感なんてしないかもしれない。常に不安で、日々に不足を感じ、自己拡張しか考えず、物欲と性欲にまみれ、たいていは恋愛（≒幸せ）至上主義な女たちになんて。それでも、女友達との時間に最大の価値を置く四人の物語は、私のなかで琥珀のように輝いている。

つまり、『ＳＡＴＣ』も私も化石ってこと。２０２０年にもなったら、こういう価値観は古いと一蹴されるのが関の山。彼女たちがその後どんな人生を送るのか、続きは頭のなかで二次創作するしかないと思っていた。私もついに、懐メロで嬉々として踊る「あの頃はよかった」人になってしまったと肩を落としながら。

そこに、『Is there still sex in the city?』出版のニュースが舞い込んできた。日本語訳ゲラに目を通し始めてから5分と経たぬうちに、私がページをめくるスピードがぐんぐん上がる。ちょっと待って、あの夢物語に続きがあったなんて！　これぞ私が求めていたもの。たとえて言うなら「懐メロの新譜」だ。そんなものは物理学上、存在しないはずなのに。

ページをめくるたびに、心が泡立った。やはり、私は等身大に見せかけた夢物語が大好きなのだ。いくつになっても同じ過ちを犯し、それでも少しずつ賢くなり、トラブル対処がうまくなっていく大人たちの、きらびやかに縁取られた日常の物語が。あの、二度と戻ってこないと腹を括った「素晴らしき無駄な時間」を取り戻せるなんて、私はなんて幸せ者だろう。

キャンディスは五十歳を過ぎても、『SATC』中毒だった私を裏切らなかった。キャリーもミランダもサマンサもシャーロットも出てはこないけれど、キャンディスと女友達の関係は、まさにそれと同質。『SATC』の女たちが醸す独特な空気、つまり、情に厚いのにカラッとしてタイトなCITYのムードは、本作の全編を通して感じられる。住む場所の変化や病気、お金のこと、結婚や離婚を経てからの恋愛など、年齢を重ねたからこそぶち当たる壁もちゃんと描かれており、なにしろキャンディスたちがすべてにおいて、ずっと現役であろうとする姿勢に心を打たれる。ギブアップのポーズは形だけ見せるが、「本心はどうだろう？」と思わせる炭火のような炎が、チラチラと行間から窺えるのだ。

引退した素振りを見せながら、彼女たちはまだトラックで走り続けている。「モナリザ治療（トリートメント）」なんてものがこの世に存在することは、本作を読まなければ私は一生知らなかっただろう。調べてみたら、日本でも美容外科で行われていたので驚いた。キャンディスたちのあきらめの悪さは、四十代半ばを過ぎた私にも勇気をくれる。

きっと、あなたにとってもそうだろう。

本作には、思わずメモしたくなるような言葉が功徳の高低を問わず（ここが重要！）溢れている。ここでいくつか紹介しよう。

ふと「どうかしてる（クレイジー）」の由緒ある定義を思い出した。——同じことを何度も何度も繰り返しながら、違う結果を期待すること。

子どもと男には、たくさんの共通点がある。たとえば、計画に手をつけて最後までやらないこと。面倒をほったらかして、ほかの誰かに片づけさせること。何が「面倒」なのか、もしくは、何が面倒を引き起こしているのか、てんでわかっていないこと……。

言うまでもないが、「やってみなくちゃわからない（ユー・ネヴァー・ノウ）」の問題点は、やらなくてもだいたいわかるってこと。

さらに30年たった今は、ポルノ映画のおかげで、世の中は変わった。２００7年、グーグルでのアダルト系の最多検索ワードは、「ＭＩＬＦ（ヤリたくなるほどセクシーなママたち）」。

それでも、手術が大成功したことは、みんなが認めた。友達の大成功はもれなく――その手段はどうあれ――みんなにとっての大成功だ。なぜなら、私たちみんなが「できないかも」と恐れていることを「きっとできる」と証明しているからだ。きっと逆境に打ち勝てる、と。

（豊胸手術を無事に終えた女友達に対して）

まるでキャリーのモノローグではないか。ドラマは創作で、キャンディスのコラムは（少なくとも半分以上は）ノンフィクションだと承知の上だが、やはり通底しているテーマは同質だ。それは、私の信条とも一致している。

人生は一度きりだから、味わい尽くすに越したことはないということ。そして、女友達は唯一元本割れしない資産だから、じゃんじゃん投資しろということ。

さあ、ページをめくって、思う存分夢の続きを楽しんで！

CONTENTS

第5章 靴と顔、どっちにお金をかける？

第8章 新しい彼氏

※本文中の〔　〕は訳注を表します。

第1章

ニューヨークにはまだ、セックスできるチャンスはあるの？

中年になることの素晴らしさの一つは、たいていみんな、ほんのちょっぴり優しく、心が広くなること。中年に差しかかる頃には、いくらか人生経験を積んで、少しは物事を学んでいるから。

たとえば、一見問題なさそうな人生が、中をのぞくとドロドロだったり、どんなに完璧を目指していても、よからぬことが起こってしまったり。しかもたいてい、「これだけは大丈夫」と思っていることほど、突然ダメになってしまったりする。

たとえば、結婚生活。たとえば、恋。場合によっては、街そのものもね。

私とニューヨークとの恋は、愛犬がワシントン・スクエア・パークの近くの石畳の小道（ミューズ）で、いきなり死んでしまったあたりから、おかしくなりだした。大型犬なのになんと、コッカースパニエルに殺されたのだ。

厳密に言えば、あれは「事故」だったのだろう。でも、ただの偶然とは思えなかった。

何しろ、殺される前の日の午後、私は銀行で、あのコッカースパニエルに出くわしていたのだから。

その犬は、床にぐっと足を踏ん張って、ウーッとうなり声を上げていた。

飼い主の、丸っこいパンみたいな顔をした二十歳（はたち）そこそこの男の子が、困ったように犬に近づき、抱き上げようとした。すると犬は、いきなりガブリと飼い主の指に噛みついた。

あーあ。世の中には犬を飼うのに不向きな人間がいるけれど、この若者がまさにそれだ。

翌朝7時30分に起きた私は、早めのスタートを切れた自分に胸を張っていた。うちはドアマン付きのアパートメントだから、犬の散歩にはたいてい、鍵もスマホも持っていかない。いざとなれば、2分で戻れるとわかっている。

あの朝、角を曲がると、通りの端っこのほうで小さな騒ぎが起こっているのが見えた。案の定、きのうの男の子とコッカースパニエルだった。私はさっと通りを渡って、危険をうまく回避できたとほくそ笑んだ。

ところが、うちの犬がミューズでのんびりしている間に、男の子とコッカースパニエルも同じように道路を渡った。つまり、コッカースパニエルは今、私たちと同じ通りにいる。

そして次の瞬間、猛烈な勢いで突進してきた。

私は、事が起こるのをアップで見ていた。擦り切れた古い黒革の首輪。首輪のリードに付いた、ボロボロの留め金。その留め金が外れ、犬が自由になって、硬い革の埃っぽい粒子が、わっと渦を巻くのが見えた。

若者の筋肉にぐっと力が入る。彼はよろめきながらも犬を追い、うちの犬に飛びかかる寸前に、どうにか腕の中に抑え込んだ。

うちの子はもちろん無傷だと思ったし、歩道でよくある犬同士の小競り合いにすぎない、と思った。ニューヨークには、怖がって嚙む犬がたくさんいて、この手の事件はしょっちゅう起こっている。

でも、手に持っているリードがだらりと緩んでいるのに気づいて、振り返って犬を探した。歩道に倒れているのに気づくのに、一瞬かかった。

犬はカタカタ震えていた。しゃがみ込むと、白目をむいて、大きな舌がぱかんと開いた口の端から飛び出していた。テュコ——夫の大好きな映画、『続・夕陽のガンマン』の登場人物から名づけた愛犬——は、息をしていなかった。

思わずヒステリーを起こしかけたけど、すぐわれに返った。私に注目を集めたところで、なんにもならない。周りには人だかりができていて、みんな手を差し伸べようとしてくれていたけれど、何をすればいいのかわかる人はいなかった。そう、犬が大きいのだ。肩高74センチ、体重34キロのイビザン・ハウンド。サイズも見た目も、小さなシカといったところだ。

私にも、テュコを抱き上げる自信はなかった。しかも、問題はそれだけじゃない。どうすればいいのか、皆目わからないのだ。財布もスマホもなければ、夫はまたしてもニューヨークにいない。

でも、そのうち誰かが最寄りの動物病院に電話してくれた。しかも、まだ開いていないのに、先生をそこへ向かわせてくれた。動物病院は数街区(ブロック)先にあったから、誰かがタクシーを呼んで、誰かが犬を抱き上げてくれていた。コッカースパニエルの飼い主が言った。「ごめんなさい。うちの犬がおたくの犬を殺してなければいいんだけど……」

そしてゴソゴソとポケットをまさぐり、しわくちゃの20ドル札を取り出した。汚くて擦り切れている。それを「タクシー代に」と言って、ぎゅっと私の手の中に押し込んだ。

タクシーに乗り込むと、誰かがまだ温かい、死んでしまった犬を隣のシートに乗せてくれた。「急いで、お願い」と、私はドライバーに言った。

中年になって知ることの一つは、「人生は映画じゃない」ということ。これが映画なら、ドライバーはきっと「何てことだ、あなたもワンちゃんもお気の毒に！」と叫んで、動物病院まで車をぶっ飛ばしてくれる。すると、どういうわけかニューヨークシティきっての優秀な獣医たちが登場し、犬を見事に蘇生させ、テュコは息を吹き返す。

ところが現実の人生では、運転手はそんな素振りは一切見せない。後部座席に、死んだ犬を乗せるつもりはないのだ。

「犬はお断りだよ」

「緊急事態なの」

「何で？　病気なのか？」

「そう、そうよ、死にかけてるの。運転手さん、お願いします。もうすでに死んでるかもしれないの」

これは余計なひと言だった。

「死んでる？　死んだ犬なんか、俺の車に乗せられるかよ。死んでるなら、救急車を呼んでくれ」

「スマホを持ってないの！」と私は叫んだ。

ドライバーは降ろそうとするけれど、私は降りようとしないし、彼は犬に触りたくないときてるから、結局あきらめた。まあ、6番街（シックス・アベニュー）を3ブロック走ればすむのだが、車が数珠つなぎに渋滞しているせいで、道中ずっと罵声を浴びせられた。

罵詈雑言を聞き流そうと、私は自分に言い聞かせた。「たしかにこれはひどいけど、世界のどこかに、もっとつらい目に遭っている女性がいる」。それに、これが最近見舞われた最もつらい出来事、というわけでもなかった。前年に、母が亡くなったのだ。

母の死も、思いがけないものだった。

母は50代――今の私くらい――のときに、ホルモン補充薬を飲んでいた。それが更年期の女性への一般的な処方薬だった。問題は、そのホルモンには乳がんを引き起こすリスクがあって、命取りになりかねないこと。そのせいか、うちは乳がんの家系ではないし、父方も母方も女性はみんな90代まで長生きしたのに、母は72歳で亡くなってしまった。

当時の私は、大丈夫じゃないのに大丈夫なふりをしようとしていた。でも、そのうち髪の毛が抜け落ち、食事も喉を通らなくなった。

母の死と折り合いをつけるのには、長い時間がかかったけど、友達が力になってくれたし、夫もそばにいてくれた。

やっと動物病院に着くと、「ご自由にどうぞ」と固定電話を貸してくれた。幸い夫のスマホをはじめいくつかの番号を暗記していたから、夫には3回かけた。でも、出なかった。まだ9時前で、仕事が始まるまであと30分もあるのに。一体どこへ行ってるんだろう？

それから、友達のマリリン。マリリンは10分後には駆けつけてくれた。チェルシーのアパートメントから早足で。

マリリンはコーヒーもシャワーもまだで、私と同じようにジャージ姿だった。2人とも顔も洗っていないし、歯も磨いていないし、髪もとかしていない。お互いに顔を見合わせた。

で、このあとどうなるの？

犬の死因は動脈瘤(どうみゃくりゅう)――それが獣医の見立てだけれど、犬を別のところへ送って解剖しない限り、死因は特定できないという。そこまでしたい？「したくないでしょ」と友達のマリリンが言った。

夫はずっとこの犬が嫌いだった。だから、「テュコの死はサインかも」という気がした。果たして、その通りだった。あのときはわからなかったが、夫と私の関係も動脈瘤に似ていた。そう、いつ終わってもおかしくない状態……。

離婚&ローン

その3ヵ月後の11月に、離婚を切り出された。季節外れのひどい吹雪の翌日だった。あのときは、2人でコネチカット州にある私の小さな家にいたのだけれど、吹雪で断水と停電に見舞われていた。それでも、夫と一緒にニューヨークに戻るなんて考えられなかったから、私はひとり田舎の家に残って、雪をすくってはたき火の上で溶かし、トイレを流していた。

そこからは、離婚をめぐる争いが始まった。お約束のゾッとするほど見苦しい瞬間もなくはなかったけど、ほかの人たちの離婚に比べたら、わりあいさくさく進んだ。

ただ一つ、小さな問題を除いて。そう、アパートメントのローンだ。今までの住宅ローンを解約して、私ひとりの名前で新たにローンを組まなくてはならない。

それが問題になるなんて、夢にも思わなかった。担当の銀行マンも同じだ。何と言っても私には、残りのローンを一気に返せるだけの貯金があるのだから。

担当者は「大丈夫ですよ」と、繰り返し保証してくれていた。ついに3ヵ月後、約束の日が来て、私が銀行に出向いて、椅子に腰を下ろすまでは。

ふと、イヤな予感がした。「どうなの？」と私。

「申し訳ありません」と担当者が言った。「AIの……アルゴリズムのせいです」

「私じゃ、住宅ローンが組めないってこと？」

「はい」と蚊の鳴くような声で言う。あっ、といきなり腑に落ちた。私はもう望ましいチェックボックスに、一つもレ点を入れられないのだ。

私は「女性」で、「独身」で、「自営業者」で、「50歳を超えている」。

そして、どこにもレ点を入れられない私は、もうどの層にも属していない。つまり、アルゴリズムの世界では、存在してないってこと。

私はショックを受けて、銀行の外にたたずんでいた。

そこには、慣れ親しんだランドマークがすべてそろっている。たとえば、ザ・ニッカボッカホテルのガラス窓。ガラスの奥に目をやると、セーター姿の年配の男たちがバーでちびちびお酒を飲んでいる。それから、私が毎朝行く酒屋の隣のデリ。あそこには、興奮してきた。

気味に野球の話をまくし立てる男性がいる。私と同じように、彼もこの街で30年以上暮らしてきた。

通りを渡って、自分のアパートメントをじっと見上げた。

初めてニューヨークへ来た頃、この建物の前を何度行き来したことだろう。ニューヨーク大学と伝説のディスコ「スタジオ54」に通っていたからだ。私は19歳で、すでにコラムを書いていた。当時ニューヨークで大人気だった、何紙かのアングラ新聞に。

あの頃は無一文だったけど、平気だった。ありとあらゆることが起こっていて、何もかもが新鮮でわくわくしていたから。グレーの制服に白い手袋をしたドアマンたちのいるこの建物の前を通るときは、よく立ち止まって、「素敵なお庭だな」と見ほれたものだ。ここは花々と背の高い草が美しく茂る、本物の庭だ。そんなときは、いつも思っていた。いつか成功したら、ここに住むぞ！　って。

そして今、本当にそこに住んでいる。最上階の角部屋には、偶然とはいえ『セックス・アンド・ザ・シティ』でミスター・ビッグを演じた俳優も暮らしている。このアパートメントはインテリア誌『エル・デコ』の表紙を飾ったこともあるし、私が手に入れたあらゆるものの中で、部屋の飾り付けが得意だった母が、一番愛したものでもあった。

だけど今の私は、体制に打ち負かされた気がしている。家を失いかけているばかりか、今年離婚する何百万人もの中年女性の1人になろうとしている。またあそこに戻って、存在してもいない男の人を探す羽目になるなんて。しかも、新たに住む場所も探さなくてはならないなんて。

ちょっぴり涙が出てきたけど、すぐに泣き止んだ。クタクタで泣く力もない、と気づいたからだ。

そして代わりに、マリリンに電話した。

「ねえ」と私。

「どうしたの?」

「あなたに知らせたくて電話しただけ。私、終わったわ」

そう言うと、私はマンハッタンを後にした。

シティガール引退

あの年に離婚した何百万人もの女性たちと違って、私はラッキーだった。まさかの時に必要なお金を自力で稼いできたから。中年期には、思いもよらないことが案外たくさん起こるものだ。

銀行に中指を立てる代わりに、私は住宅ローンを完済し、そのアパートメントを貸し出して、華やかなニューヨーク生活から引退した。ハイヒールを脱いで、コネチカット州リッチフィールド郡にある山間(やまあい)の小さな自宅へと急いだのだ。駆け回るスペースは十分にあるから、2匹のスタンダードプードル――ペッパーとプランサー――を飼い、幼い頃からずっとやりたかったことを始めた。そう、書きたいことを書いて、のんびり暮らすのだ。

朝目覚めて、静寂の音を吸い込む。

――幸せだった。

もう以前の生活を思い出すこともない。ニューヨークのことも。そして何と言っても、男性のことを考えなくなった。

ところが、都会生活を引退して半年がたった頃、トゥルルッ……と電話が鳴った。ジャーナリストのティナ・ブラウンからだ。私が書く物語のアイデアがわいた、と彼女は言った。「離婚してそれなりに時間もたったでしょ。そろそろまたデートの世界に戻って、50歳以上の恋愛事情を書かない？ 今ならオンラインデートもできるし、紹介(マッチメーカー)してくれる人を雇うのもアリよね？」

私は、ティナの話を遮った。

「やめとくわ」

またデートを始める心の準備はできていない。いや、何より、デートなんかしたくなかった。もう35年近くいろんな彼氏とつき合って、すでにひと通り経験ずみだ。恋に落ちて、結婚して、離婚する……。それをまた、一からやり直せって？　私の人生でできることって、あのサイクルをまた繰り返すことしかないの？　ふと「どうかしてる（クレイジー）」の由緒ある定義を思い出した。**──同じことを何度も何度も繰り返しながら、違う結果を期待すること。**

このサイクルに、今こそ終止符を打つべきだ。

そういうわけで、34年間で初めて、「男ナシで行く」と決めた。

ということは、セックスもナシ。今現在の私は、ゆきずりのセックスをする人間じゃない。もちろん、セックスの話もしない。かつてはお楽しみや戸惑いや不安や喜びのタネだった「セックス」が話題に上ることは、もうほとんどなくなっている。独身の仲間たちはずっと独り身で、ずっとデートしてないからセックスもしていない。片や既婚者の友人たちは、結婚しているから子どもたちのことで忙しく、（私の想像だけど）やっぱりセックスしていない。

でも、男友達に「デートにはもう興味がないの。正直なところ、もう二度とデートする気にならないかも」と話すと、彼はハッと息をのんで言った。「じゃあ、セックスはどうするの？」と。

「それがどうかした？」

「だって、どうするんだよ？」

「だから、しないの」

「でも、**セックスは必要**だろ？」

「そう？　セックスが必要な人たちって、そのために判断を誤りがちよね。ちょっとセッックスの誘惑に負けたばっかりに、世界レベルのキャリアを棒に振った人たちを見てきたわ」

それに私には、ほかにたくさんやることがあった。もっと、ずっと面白そうなことが。たとえば、手の込んだ料理をつくるとか、インスタグラムを学ぶとか、音楽制作ソフト「GarageBand（ガレージバンド）」でポップソングをつくるとか。

コネチカットの私の親友は、アンジーという女の子だった。アンジーは通りの先のほうに住んでいて、がんを克服したばかりで、精神科病院で働いて、10代の子たちにシェイクスピアを教えていた。2人で田舎道を上ったり下ったりして、アレクサンダー・カルダーの彫刻作品や作家フランク・マコートの家の前を歩いたりした。スマホも圏外だから、もっぱら2人で話していた。フェミニズムや人生の意味について、それに、私が熱に浮かされたように書いていた情熱的でわけのわからない小説についても。

アーサー・ミラーの執筆スタジオにも、よく立ち寄った。そこはアーサー・ミラーが自分の手でつくったスタジオで、戯曲『るつぼ』を書いた場所。2.5×3メートルくらいの小さな空間で、なめらかに削られた長い木の板が壁に取り付けられ、机の役目を果たしていた。私はよく窓際まで行って、外の森や泥道をじっと見つめながら思っていた。「この風景を、アーサー・ミラーも百万回は見たに違いない。どんな気持ちだったんだろう？　彼も『うまく書けない』なんて絶望していたのかな？」。そのあと、こう祈るのだ。「お願い。どうかアーサー・ミラーの才能が、私に受け継がれますように

お願いだから……。」

いや、受け継がれなかった。コネチカットにいる間に3冊の本を書いたけど、どれもこれも出版社から嫌われて、出せませんと言われた。ようやく気に入ってもらえそうな原稿が書けて提出したら、全ページに黒の斜線を入れて送り返された。

ようこそ、中年の世界へ。そこは、あなたのキャリアが終わりを迎えるかもしれない世界……。

私はマリリンに電話した。助けて。

「あのさ」とマリリン。「そこに1人でいるから、頭がおかしくなってるんじゃないの？　だから、書くものもおかしいのよ」

そのあと、会計士から電話があった。

彼は少なくとも、いいニュースを携えていた。「今アパートメントを売れば、減税措置で得をしますよ」と。住宅ローンを3年早く完済したのは正解だった。その後、住宅市場

が高騰し、一度きりの減税措置を使えば、私はもうけを上げられる。

しかも、結構なもうけだとわかった。本当に賢く底値で不動産を買えたらの話だが、ニューヨーク都心(シティ)の小さなワン・ベッドルームのアパートメントと、ロングアイランド島ハンプトンズのかつての漁村の端っこあたりになら、小さなボロ家が買えそうだ。この集落の物件は、マリリンが2年前にそこに移ってからずっと、手に入れたいと思っていた。

私と同じでマリリンも、突如としてどういうわけか、都会の生活に幻滅していた。というより、私と同じようにマリリンも、「シティが私を追い出そうとしてる」としか思えないような、ひどい体験をいくつもしていた。

マリリンは、空中公園(ハイライン)のそばにある家族経営の小さなアパートメントを12年間も借りていた。でも、そこが取り壊されて、タワーマンションが建つことになってしまった。文字通り、家を追われたのだ。

マリリンは途方に暮れた。その上、大事なクライアントが「LAに戻るから」と言って彼女のもとを去った。しかも、飼い犬が3000ドルの手術を受ける羽目になった。

あれは真冬の時期だった。マリリンはしゃべり続けていた。「桟橋の端まで行って、服を脱ぐでしょ、そうしたら本当に寒くって、20分以内に凍死できるんだって……」。インターネットで調べた、と彼女は言った。

これは危ない。マリリンは15年も抗うつ剤(プロザック)を飲んではいるけれど、私の周りに彼女ほど

楽しくて気さくな人はいない。「こんなこと言ったら非難されるかな？」なんて心配せずに、悩みを打ち明けられる稀有な友人だ。というわけで、4月の寒い朝の8時に、マリリンは精神科医のところへ行った。

医者は処方箋を渡して家に帰したので、彼女はドラッグストアで薬をもらった。そしてアパートメントに戻り、すぐさま睡眠薬を1瓶、丸ごと飲んだ。私がそれを知っているのは、9時15分に「診察はどうだった？」と電話したからだ。マリリンが最後の薬を飲み込んだ数秒後だったから、辛うじて意識があって、何とか電話に出てくれた。

私は救急車を呼んだ。

もう一度、デートしたい！

ありがたいことに、マリリンは回復した。それは、彼女が都会の生活をお休みし、自分を取り戻すいいタイミングのように思えた。

そういうわけで、マリリンは東へ向かい、ヴィレッジで、湾が見渡せる友達のコテージに滞在することになった。最初は1〜2週間のつもりだったけど、それがひと月になり、ふた月になった。そのうち彼女には、不動産屋の友達ができた。不動産屋は、中年の独身女性でも手が届きそうな物件の内部情報を持っていた。つまり、設備が古びていたり、ペンキが剝げていたりで、もうけが見込めないから住宅開発業者が手を出さないような物件だ。

3ヵ月が1シーズンに、1シーズンが1年になり、また冬がやってきた。そんなある朝のこと。友達のサッシーがピラティスからの帰り道、氷の上でつるりと滑って肉離れを起こした。そして、「シティはもう昔とは違う」と愚痴を言い始めた。「みんなでまた近くに住めたら、どんなに楽しいだろうね」と彼女が言ったとき、マリリンはひらめいた。私たちそれぞれに格安の家を見つけて、みんなでヴィレッジで暮らすのだ。

何年も何年も前のことだけど、サッシーとマリリンと私は、同じブロックに住み、いつもお互いのアパートメントを行き来していた。たぶん全員が今より15歳若かったからだけど、あの頃は毎日が刺激的で楽しかった気がする。成功の上に成功が重なって、先のことなど何とかなると信じていた。もちろん状況は変わってしまったけれど、私たちはずっと親しくつき合ってきた。たぶん3人とも子どもがいないし、家族のためにしなくちゃいけない用事もなかったからだろう(サッシーの両親はもう亡くなっていたし、マリリンの家族はオーストラリアに戻っていたから)。私たちは一緒に休暇を楽しんでいられた。

物事はたいていい計画通りにいかないものだが、今回はうまくいった。マリリンの友達の不動産屋のサポートで、まずマリリンとサッシーが家を見つけ、数ヵ月早くヴィレッジに住み着いた。そして私も、棚ぼた式に手に入れた大金を手に、2人に加わることになった。

あの春、私はサッシーの家から800メートル、マリリンの家から2キロちょっと離れた、ボロくてレトロな農家（ファームハウス）に引っ越した。最初は3人だけだったけど、ほどなくサッシーが、私たち2人が独身の頃から知っているクウィーニーとばったり会った。すると、彼女もヴィレッジに住んでいることがわかった。

私たちがシティでクウィーニーを知っていた頃、彼女は社交界の「イットガール」だった。でもある週末、彼女は母親に会うためにヴィレッジを訪れた。クウィーニーの母親は有名なアーティストで、世間の尊敬を集める立派な女性だった。そこで息苦しくなった彼女はバーに向かい、地元の男性と出会って恋に落ち、妊娠した。そして、結婚生活を続けようと試みたものの、わずか2年で離婚した。以来ずっとヴィレッジに住んでいるから、誰も彼もを知っている。つき合って10年になる彼氏は別の州で暮らしているし、17歳になる娘ももう自立しているから、間もなくクウィーニーも夜の女子会に参加するようになった。女子会のメンバーの1人、という概念は、彼女にとってはやや新しいものだった。クウィーニーはいつだって〝女子のみんな（ガールズ）〟と、かぎ括弧付きで話している。50代にもなってほかの独身女性とつるむなんて、自分の人生から切り離しておく必要があるみたいに。

その後、キティも加わった。

キティも共通の友人で、15年前、彼女の「ミスター・ビッグ」をつかまえて、幸せな結婚生活の中に姿を消した。少なくとも、私たちはそう思っていた。ところが、どうやら私たちの仲間の多くがそうであるように、キティも今、いきなり離婚を迫られていた。

ショックだった。キティは友達の中でただ1人、素直に真実の愛を信じていたから。20代、30代の頃、彼女は「魂の伴侶（ソウルメイト）じゃないと思うから」という決め台詞で、片っ端から男たちを振っていた。そんなある日、ふらりと入った近所のレストランで、年上の男性の隣に座った。2人はそのうち話し始め、キティはその晩、彼を自宅に招いた。翌日には彼のところへ転がり込んで、半年後に結婚した。

キティとはしばらく音信不通になったけれど、彼女がまだ結婚していた時期につながったことがある。夫婦が深く愛し合っている様子に、胸を打たれたのを覚えてる。彼はみんなに言っていた。「キティなしじゃ生きられないよ」「ほかの誰よりもキティといたいんだ」と。

「私もキティみたいに愛し合えていたら……」と思ったけれど、わかってもいた。私はたぶんそういう星の下に生まれていない。だから、キティの結婚生活が終わりを迎えることになるなんて、思いもしなかった。しかも、こんなに唐突に。

ことの顚末はこうだ。ある土曜日の午後、夫が思いがけなく早く帰ってきたという。彼はゴルフに出かけた帰りで、ゴルフ仲間も彼も酔っ払っていた。夫はよろけながらキティのそばへ来ると、「お前はマンコだ」と言って（彼、イギリス人だから、この言葉に抵抗がないのかも）、離婚届を手渡した。

というか、手渡そうとした。

「気でも狂ったの？」と、キティは大声で叫んだ。夫のそういう姿を見るのは、ここ数ヵ月で初めてのことではなかった――この話の登場人物の例に漏れず、彼もいろいろ問題を抱えていた――けど、離婚届はまったく新しい展開だった。

キティがビリビリに破ったものの、離婚届は本物だった。水も漏らさぬ婚前契約書に負けないくらい。その婚前契約書によると、彼が離婚を切り出した今、キティは家を出ていかなくちゃいけない。しかも、今すぐに。

彼女はヴィレッジに家を借りて、友達のそばで暮らし始めた。

こうして仲間は、キティで5人になった。

「で、ここで何をしてるの？」。ある日の午後、キティに聞かれた。

「そうね、書き物をしてる」と私。

「でも、夜は何をしてるの？」

「日課を決めてるよ。運動して、プードルたちをビーチへ連れてって、それから早めのディナー。6時に食べることもある」

「1人で？」

「サッシーやマリリンと食べる日もあるわ。それから、クウィーニー」

「6時にディナー？」と、キティが鼻で笑った。「そんなの楽しくない」

むろん、その通りだ。

それから、最後にティルダ・ティア。彼女はキティの既婚者仲間の1人だったが、南フランスから突然、魔法のように現れた。フランス人との12年間の結婚生活を終えて、アメリカで人生の再スタートを切ろうとしていた。

こうして私たちは、夫も子どももたちもおらず、厄介な仕事もありとあらゆる挫折も知らなかった、あの頃にやっていたことをまたやり始めた。そう、**集まって、みんなで悩み事を解決するのだ。**

たまり場は、キティの家のキッチンだ。

そうしたらあっという間に、全員が独身だったあの頃のように、話題はまたセックスに戻っていった。

「お楽しみはどこにあるの？　わくわくはどこよ？」とキティが言った。

「男たちはどこにいるの？」とティルダ・ティアも言う。

前向きなみんなの小さな顔を見回して、ハッとした。「今が、その答えを探すチャンスなのかも」

というとことで私は、4年ぶりにホームグラウンドに戻ってきた。今や私も、2匹の大きなスタンダードプードルを後部座席に乗せ、実用的なSUV車を走らせる、中年で独身の白人女性になった。

マンハッタンにつながる橋を渡りながら、少々露骨な問いかけをせずにはいられない。

「ニューヨークにはまだ、私がセックスできるチャンスはあるの？」

第2章 モナリザ・トリートメント

たとえセックスのチャンスがあったとしても、私には無理だろう。とにかく、婦人科の先生はそう思っている。

ニューヨークに戻って最初の約束は、彼女に会いにいくことだった。年に一度のこの検診はいつだって恐ろしいけれど、私のような女性たちが「やれ」と教え込まれてきたことの一つだ。そう、「**1年に少なくとも1人には、アソコを見せること。さもないと……**」というやつ。

標準検査のあと、先生はスツールに腰かけたままズズッと後ろに下がり、悲しげに頭を振った。

「モナリザについてのお知らせを送ったはずだけど、見た？」

「モナリザ？」。おなじみの小さな不安がトクンと胸をかすめる。私、何か見落とした？　何かやらかした？　もしかして私、もうおしまいなの？

服を着て、最悪のニュースに備え、先生の部屋に向かう。

「いい？」と、先生は優しく言った。「ホルモンリングが効いてないわ。膣の弾力性が足りない」

思わず、意味不明の声が出てしまった。

「最後にセックスしたのはいつ？」と先生。

またしても、意味不明の回答をする。

先生は、あきれ顔で目を白黒させた。この先生にはもう4年お世話になっているけど、セックスの話を持ち出されるたびに、「大至急、しようと思ってるところです」なんて説明しなくちゃいけない。これではまるで、雨どいの掃除だ。

でも今回ばかりは、先生も信じてくれない。

「だから、モナリザの話をしたのよ」と、CMに登場する女性みたいな声で言う。「これは新しいレーザー治療でね、膣の厚みや弾力性を取り戻してくれるの」

そして私のほうに、スッと紫色のパンフレットを滑らせた。「考えてみて。セックスについては、雲泥の差が出るはずだから」

咳込みながら聞く。「おいくらですか？」

「3回の治療で3000ドルよ」

3000ドル？　冗談はよして。

そのあと、ハリウッドのプロデューサーとランチに出かけた。彼は、何だかあいまいな、何となくセックスについて……みたいな漠然としたテレビ番組の企画について議論したがっていたから、きちんとした服を着てランチに出かけ、布ナプキンが出てくるお店で食事できるのと引き換えに、私も喜んで、あいまいに返事しておいた。

そして、「ねえ、モナリザ治療（トリートメント）って聞いたことある？」と尋ねてみた。

プロデューサーが、さっと青ざめた。

彼は何もかもよく知っていた。彼の妻——厳密に言えば、間もなく元妻になる人——が2年前に52歳でこの治療を受けたという。最初はすべて順調だったそうだ。ところがそのうち妻は、「あなたじゃ物足りない」と言いだして、彼が10代の娘たちのために雇った調馬師と不倫を始めた。しかも2人は今、結婚しようとしている。調馬師は妻より20歳以上も年下だというのに。

プロデューサーが気の毒になった。今にも泣きだしそうな顔をしている。若い男がいい年の女を選ぶなんて……と、ショックを受けているようだ。そこで、こう指摘してみた。

「もし男女が逆だったら——年配の男性が若い女性と駆け落ちしたのなら——年の差も、やってることも、ごく普通のことだと思ったんじゃない？」

バイアグラVSモナリザ・トリートメント

今やモナリザ・トリートメントのおかげで、形勢は逆転した模様。もし年配の女性も、年配の男性みたいに——何十歳も若い相手と——恋愛できるとしたら、するのだろうか？いわゆる「年相応の相手」を棄てて、年下の、もっと魅力的な男の子に走る女性が増えるのだろうか？

「増える」と、友達のエスは言う。とくにエスのような、上位1パーセントの富裕層なら。エスによると、こうした女性たちは、長年にわたって夫のためにルックスを磨いてきた。「ダイエットして、ヨガをやって、ボトックスや充塡剤(フィラー)に何千ドルも費やしてきたわけだから、もう一つレーザー治療を増やしたところで、懐は痛まないでしょ?」。実際、夫が妻の50歳の誕生日にモナリザ・トリートメントをプレゼントするのも珍しくないという。

ほとんどのレーザー治療と同じで、モナリザも全員に効くわけじゃない。でも、効いたときは、気をつけたほうがいい。エスは、最近モナリザをやって夫を棄てた女性を、3人は知っている。

「年配の男たちが、初めてバイアグラを飲んだときに起こったことに似てるわね」と、エスは言う。「いきなり勃起して妻とセックスしたいと思ったものの、妻のほうはもうしたくないから、男たちは妻を棄てて若い女性に走ったの。今回はその逆バージョンよ」

まあね。ただし、このたとえ話がうまくいかないのは、男と違って、ほとんどの女性には最新技術を使ってデートを楽しむチャンスがないこと。例によって、男が若さに払う金額と、女が払う金額には大きな差があるから。

あの「小さな青い錠剤」は、いくらで買えるのだろう？　まあ、そう高くはないはずだ。**男用の商品の例に漏れず、おそらく保険が適用されている。**されていないにしても、300ドルにははるかに及ばないだろう。

ということで、気がついた。セックスにまつわるあの問いを探求し続けたいなら、自分がすでに持っているものを使うべきだ。そう、自転車である。

今どきの「自転車男子」を分類する

25年前、私が初めて「自転車男子」について書いた頃、彼らは排他的なグループだった。ちょっぴり少年っぽくて、ちょっぴり幼くて、本が大好きで、少々オタクっぽく、自転車をめぐっては迷惑なところもあった。とくに、自転車をペットか何かみたいにアパートメントに持ち込もうとするあたりは。彼らのサイクリングは、ちょっとバカバカしくてちょっと危険なものだと考えられていた。それに自転車は、金欠の象徴でもあった。

ところが今日では事情が180度違う。自転車男子はあらゆる場所にいるだけでなく、ウイルスのように増殖し、さまざまなタイプに変異している。

いくつか例を挙げよう。

所帯持ちの億万長者——テクノロジー系の男（テック・ガイ）

何人もの妻との間にたくさんの子どもがいて、彼が所有する3000万ドル相当の不動産のどこかには、必ずジャングルジムがある。ほかの億万長者（テック・ガイ仲間）に勇敢なところを見せたいから、ニューヨークシティとロングアイランド東端のモントークとの間を、ロードバイクにまたがって1日で往復したりする。

長所：リッチで、健康で、子だくさん。

短所：ほかの男性が自転車のタイヤを替えるノリで、結婚相手を変える。

グループライド男子

集団走行男子（グループライド）とは、並行遊び〔友達と一緒にいるものの、互いに関わりを持たず1人で遊ぶこと〕を好む男性のこと。男同士のグループで自転車に乗るのが好きなのだ。たいていリッチではないが、自転車1台に2000ドルかけられる程度には金持ちだ。それに、パートナーが家であくせく働いている間に、自分は週に数時間、「趣味」に打ち込める程度のお金はある。

長所：自分の面倒を自分で見るつもりはあるので、おそらくほかの人の面倒も見たがるだろう。少なくとも、自転車に乗っていないときは。

短所：妻を本気で怒らせるタイプだ。妻は最初は怒っていなかったが、今ではカンカンだ。2人とも年を重ね、子どもたちも10代になったのに、相変わらず自転車を乗り回し、ろくに家にいないから！

正真正銘の自転車男子

若者のようにふるまうだけの男ではなく、正真正銘の若者だ。正真正銘の自転車男子はあなたより背が低かったり小柄だったりするかもしれないが、あなたよりずっとタフで、ずっと優れたサイクリストだ。

長所：ウィリーができる。

短所：あなたもウィリーに挑戦する羽目になって、鼻骨が折れて病院送りになるかもしれない。

バチェラー男子

週末に、出会い系アプリで知り合った人とデートしている。バチェラー男子は、人生でたぶん3回しか自転車に乗ったことがない。でも、婚活サバイバル番組『ザ・バチェラー』『ザ・バチェロレッテ』『バチェラー・イン・パラダイス』を観ているから、今日のデートの世界では、ナイスガイは夏に趣きのある町で自転車に乗らなくてはいけない、と心得ている。自転車に乗るのは楽しいはずだが、彼の表情を見る限り、少しも楽しそうじゃない。

長所：心のどこかで、本気で「運命の人」を探している。
短所：あなたが自転車から落ちたら、すぐにほかの人とチェンジするだろう。

さて、男性とめぐり合うために、自転車に乗る価値はあるのだろうか？　それを確かめるべく、私はセントラルパークに向かった。

公園は、自転車に乗る人たちであふれていた。問題は、みんながツール・ド・フランスのノリで自転車をこいでいること。これでは、誰かと結ばれるどころか、呼び止めることさえはばかられる。リサーチできそうな「シティバイク」〔自転車シェアプログラム〕の利用者はたくさんいるが、ニューヨークシティの渋滞にまみれて2輪車に乗ろうなんて度胸も反射神経も愚かしさも、私にはない。

そこで、この問いはヴィレッジに持ち帰ることにした。とくに事情通のティルダ・ティアのところへ。

サマンサに変身したティルダ・ティア

私と違って、ティルダ・ティアはどんなデート体験にもオープンだ。元夫といた12年間は「いい子」にしていたけれど、自由を手にした今は「悪い子」になる心の準備ができている。**ティルダ・ティアは、いきなりサマンサになったのだ。**それに彼女は、サイクリングおたくでもある。

この1週間、彼女はずっと「3時間足らずで24キロ走った」「29キロ走った」「34キロ走った」とメールしてきている。しかも、「一緒に（3時間弱で）40キロ走らない？」と誘ってきた。私もどういう風の吹き回しか、「了解」と返事をしてしまった。たとえ出会いはなくても、いい運動にはなるだろう。

ティルダ・ティアを迎えにいくと、ふんわりした花柄のワンピースにシルバーのサンダルをはいている。40キロのサイクリングではなく、ビーチパーティにでも行くみたいに。しかも、「髪の毛を整えたばかりだから、ヘルメットなんか絶対かぶらない」と言って、さっとイヤフォンを耳に突っ込んだ。いざとなったらイヤフォンが、守ってくれるかのように。

一方私は、安全第一の格好をしている。サッシーがくれた保護パッド入りのサイクリングショーツと蛍光グリーンの安全ベストに、半分に切ったスイカを模した大きなヘルメット。私の自転車はオレンジ色のマウンテンバイクで、かつてアンジーとコネチカットの泥道を走ったときには、周囲からうっとりするようなまなざしを集めたものだが、ほかの場所を走るには、まるで不向きな自転車である。カーブを曲がったり、草原を横切ったりするのには最高だけど、重すぎてスピードが出ない。少なくとも、ティルダ・ティアほどには。

ヴィレッジの端まで行って、自転車専用道路に着くあたりまではよかった。最初の障害物は橋だった。この橋は車で何度も渡ったことがあるけれど、こんなに急勾配(こうばい)だとは知らなかった。車と自転車の間のレーンが、こんなに狭いことも。

中ほどまで上ったけれど、よろめく前に賢く自転車を降りた。そのまま頂上まで自転車を押していくと、下り坂の途中でイライラしながら待っているティルダ・ティアの姿が見えた。「自転車を降りたの?」と彼女。「本物の坂をまだ一つも上ってないのに」

「高所恐怖症なの」と言って、私はまた自転車にまたがった。最初は必死でペダルをこいでティルダ・ティアについていこうとしたけど、無理だと気づいてペースを落とした。仲間のライダーたちに目を向けて、ちょっとリサーチすることにしたのだ。

サイクリングは若者の趣味だと思うかもしれないが、そうじゃない。私がすぐそう気づいたのは、次から次へと中年のライダーを追い越したからだ。

　私と同じように、ほとんどの人はまあまあの体形をしている。つまり、**何キロか自転車で走る程度には健康だけど、ごほうびのフライドポテトを我慢するほどハマってはいない**、ということ。多くはカップルだから、おそらく「もっと運動しよう」と決めて、一緒にやっているのだろう。とにかく幸せそうにしているが、実はちょっとウソが混じっている。時々、カップルのどちらかがムッとした表情を見せるのだ。「信じられない。こんなことに誘ってくるなんて」「ほんとに結婚生活に効くんでしょうね？」といった具合に。でも、みんなフレンドリーだった。通り過ぎるときには、昔ながらのボートのエチケットみたいにお互いに軽く会釈したり手を振ったりする。

　それから、ちょっと空気が違う人たちもいた。同じく中年の男女なのだが、最新のウェアに身を包み、細いタイヤと空気抵抗の少ないフレームを採用したロードバイクにまたがっている。彼らは何かしらのクラブ――あとで知ったのだが、〝スーパーミドル〟クラブ――に所属しているらしく、自分たちと同じような人たちしか認めない。彼らにしてみれば、ほかのみんなは、路上ではねられて死んでいる動物みたいなもの。

　それからもう一つ目につくのが、〝友達グループ〟だ。男女混合のグループが、あちこちで絆を深めている。このイベントの前に、どんな会話が行われたかは想像に難くない。

「ねえ、みんなで集まらない？」

「いいね。でも最近は、暴飲暴食しないように気をつけてるんだ」
「あら、私もよ。そうねぇ……いい考えがある！　一緒にサイクリングに行かない？」
「賛成！」

「友達グループ」に巻き込まれる

友達グループは、そこらじゅうにいる。私も間もなく、あるグループに巻き込まれていた。

友達グループが問題なのは、全員がほんの少し違うスピードで走ること。たいてい追い越すには速すぎるが、後ろを走り続けるにはゆっくりすぎるスピードで走る。その結果、気づいたらみんな、同じようなスピードで並んで走ることになって、会話しなくちゃいけなくなる。

普通は、やり過ごすのはそう難しくも不快でもない。「サイクリング日和ですね」と微笑んだり、会釈したり、人差し指をクイクイ動かしたりしているうちに、グループの誰かが先導して、残りのみんなが子ガモみたいについて行くから。

ところが、その4人グループは、そうならなかった。女性と男性1人は先に行ったけれど、2人の男性が後ろに残っていた。対向車のせいでスムーズに走れなくて、そんなふうになることもある。

2人が私のほうを見るから、私も彼らを見た。1人は何の変哲もないルックスだけど、もう1人は口ひげを生やしている。白髪交じりの口ひげが、しわがほとんどない陽気なお肌に乗っかっている。この手の男性は、よく食べ、人生の楽しみ方をよく知っている。

「いい自転車だね」と男性が笑顔で言う。

「ありがとう」と言いながら、早く先に行ってくれないかな、と思った。2人は、3台で並んで走ろうとしていたけど、それは危険だからイヤだった。車が1人にぶつかれば、3人ともドミノ倒しに遭ってしまう。

「これ、どういう自転車?」と彼が聞く。

マジで？ 車が時速65キロでビュンビュン走っている傍らで、自転車同士がおしゃべりするのがどんなに危険なことか、わからない？ 「マウンテンバイクよ」。歯を食いしばって答えた。

そうしたら、ありがたいことにうなずいて、お友達と去ってくれた。

次の目的地は、フェリーの乗り場だ。フェリーが車や自転車に乗る人たちを、湾の向こうまで運んでくれる。そこは、サイクリングのメッカとして有名な島だ。島の道路はとても絵になる上に、車があまり走っていない。埠頭に着くと、ちょうどフェリーが入ってきたところだった。さっきのお友達グループが脇のほうに固まっていて、ティルダ・ティアは一番乗りを目指しているのか、埠頭の端っこにいた。つまり、ティルダ・ティアのところへ行くには、お友達グループのそばを通らなくてはならない。

「シェルター・アイランドへ行くの？」と口ひげの男性が聞いた。まるでフェリーの目的地が、シェルター・アイランドじゃないみたいに。

　私はうなずいた。

「ぼくたちはラムズ・ヘッド・インにランチに行くんだ。君もおいでよ」

「ありがとう」と、私は喜んで言った。これまでのところ、このサイクリングの冒険は、自転車がなかなかいい出会いの手段だと証明している。

　私はティルダ・ティアを指さして、「連れがいるの」と言った。口ひげの彼はティルダ・ティアをちらっと見て、問題ナシと判断し、「彼女も一緒にどう？」と誘ってくれた。

「成功よ」。ティルダ・ティアのところまで自転車を押していって、私はささやいた。そして、お友達グループに目を向けて、ランチに誘われたことを伝えた。

「イヤよ」とティルダ・ティア。

「何で？」

「最初の夫と仲間たちを思い出しちゃう。それに、そういうの求めてないから」

　それを示すかのように、彼女は自転車を船首のほうへ押していき、なるべくお友達グループから距離を置いていた。

実は、さらに16キロほど走ってわかったことだが、ティルダ・ティアはまるで違うタイプの男性のことを考えていたのだ。

由緒ある大きな家が点在する、美しく整備された半島を自転車で走り回っていると、ティルダ・ティアが急に自転車を止めた。「ここよ」とビクトリア朝様式の豪邸を指して言う。「私の夢のおうち。世界中の富を手に入れたら、ここに住むの」

家をじっと見つめる私たちの目は、隣の家から出てきた男性に注がれた。Tシャツにランニングパンツをはいている。筋骨隆々で、黒髪で、アクションヒーローのフィギュアみたいな顔をしている。30歳くらいだろうか？

「あの人よ！」。男性が私道の端まで来て駆けだすと、ティルダ・ティアが言った。

「例のセクシーな彼！」

「誰？」と私。

「彼のこと、言ってなかったっけ？ 2日前に港のそばで見つけたの。世界一美しい男性」。そう言って、ティルダ・ティアは彼を追いかけ始めた。

お願い、やめて。お願い、私にこんなことさせないで。ティルダ・ティアに追いつこうと必死でペダルをこぎながら、祈った。そして、このおバカな行動のせいで、事は起った。そう、私がけがをしたのだ。

この素敵な島の通りは、障害物でいっぱいだ。路上の減速帯、小さな三角形の障害物、ランダムに設置された金属の棒……。棒を避けようとしたら、減速帯にガツンとぶつかって、足がペダルから滑り落ちてしまったのだが、そのときペダルが空回りして、したたかに向こうずねを打った。

「痛い！」と叫んで、私は自転車を降りた。きっと青黒いあざになるだろう。痛い……。そのうち痛みは治まってくれるだろうが、とりあえず今は自転車に乗らなくてはならない。少なくとも、ティルダ・ティアを見つけるまでは。

ティルダ・ティアは、小さな丘の向こうに姿を消してしまったので、電話をかけてみた。すぐに出てくれたのは、ブルートゥースのヘッドフォンのおかげだ。「どこにいるの？」と彼女が聞いた。

「減速帯でつまずいたの」

「大丈夫？　そこまで戻ろうか？」

いや、いい。そこまでひどいけがじゃないから。

交差点で追いついて、ティルダ・ティアに足を見せた。

どう考えても、救急車を呼ぶほどではない。**ただし2人とも、「アイスが食べたいかも」とは思った。**

だから、人気の海辺のレストランへ向かった。そこまでわずか――ティルダ・ティアのサイクリング・アプリによると――5キロ足らずだったから。

15分後、2人とも大汗をかいてヘロヘロになって、店に到着した。**かつての話題スポットは今や、30~40代の親たちと大勢の子どもたちに占領されている。**

私たちはテーブルに着くと、メニューでパタパタ顔をあおいだ。「何でこんなに汗をかいてるのかわかんない」とティルダ・ティアが文句を言う。「わかるわよ」と言って、私はスマホをチェックした。「気温はたったの……32度で、湿度は70パーセント!」

2人して吹き出した。一体何をしているんだろう? 汗にまみれた中年女2人組が、出会いがあると信じて、気温32度の中、自転車を乗り回しているなんて。

でも、それでいい。色とりどりの籐の椅子が並び、天井に扇風機が付いたレストランにいるのも悪くない。外のビーチでは子どもたちがはしゃぎ、観光客も入り江に停泊した釣り船から、お互いを突き落として遊んでいる。

店のスペシャルメニュー、「フローズ」を注文した。ロゼワインとイチゴとほんの少しのウォッカを泡立てて、シャーベットに混ぜ込んだものだ。それと、フライドポテトにたっぷりマヨネーズをつけて食べた。そのあとは……まあこういう日だったから、ウーバーを呼んだ。

第3章

出会い系サイトで実験

「自転車男子の冒険」から、手ぶらで帰ってきた数日後のこと。シティのアパートメントに戻った私のもとに、メールが届いた。エマと名乗る人物から、デートアプリ「Tinder（ティンダー）」について、「ジャーナリストの視点で、実験的な記事を書いてくれませんか？」という依頼が来たのだ。

気になったのは、「実験的」という言葉だ。一体どういう意味なのだろう？

エマが電話番号を書いているのが目に留まった。ということは、重要な記事なのだろう。今どき、電話は特別な機会にしか使わないものだから。何度かメールを交換し、電話で話す時間を決めた。

「もしもし」と編集者のエマが言う。彼女は26歳で、もっぱらオンライン生活を送っているそうだ。「現実世界があまり得意じゃなくて……」と打ち明けてくれた。彼女にとって電話は、とにかく現実世界のものだという。

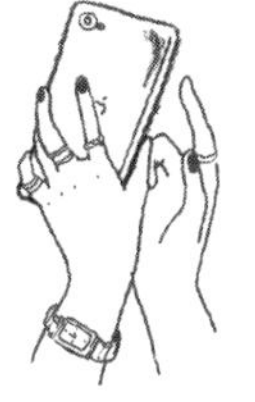

私は「『実験的』ってどういう意味なの？」と聞いてみた。

エマが声を潜めて言う。「ティンダーの真実を語ってほしいんです」

真実？　それが実験的ってこと？

だとしたら、「真実」とは、エマがセックスやデートや、結婚して子どもを産むことや、女性であることを賛美するような雑誌の編集者だ、ということ。ここで言う「女性であること」とは、「産恋複合体」に飲み込まれている、という意味だ。そこでは、真実の愛とロマンスを信じ、「結婚して子どもを産めば永遠に幸せに暮らせる！」と信じるよう促される。このファンタジーは、テレビのリアリティ番組からランジェリー、さらには鼻毛カッターに至るまで、百万通りの形で販売されている。**私たちはロマンスを買っている。**それですっかりいい気分になっている。


つまり、おそらくエマは、よくある、お決まりの物語がほしいのだ。オンラインデートで紆余曲折あったけれど、最終的にハッピーエンドを迎える話。そう、誰かが結婚する物語だ。

とはいえ、この悪名高いティンダーをめぐっては、私でさえひどいうわさを聞いている。これはデートのためのアプリですらなく、ただ「つながる（フックアップ）」ためのものだというが、この「フックアップ」というあいまいな言葉には、ベッドで横になって一緒にネットフリックスを観ることから、トイレの個室でみだらなセックスをすることまで、ありとあらゆることが含まれる。

耳に入ってくるのは、不快な話ばかりだ。ティンダーで出会う男たちはとんでもなくて、ペニスの写真を送ってきたり、写真とまるで別人だったり、うそ八百を並べたり、フックアップのあとは二度とメールをよこさなかったり。しかも女性はルックスだけで判断されて、実際に会っても、男はずっとスマホをいじって別の女性を探している、などなど。ひどいエピソードはこれでもかと続き、「結局男は、フェラをしてほしいだけ」というオチで締めくくられる……。

遠慮しとくわ。

「ダメでしょうか？」と、エマは食い下がった。

「でも、どうして？」と私。

「だって……」とエマがまた声を潜めた。「友達が……ティンダーが友人たちの人生を台無しにしてるんです。だから、助けてあげてほしいの」

助けられる自信などない。「ジャーナリズム」から、ずいぶん長く遠ざかっているから。でも私は、まだあるルールを覚えていた。それは、「**仕事には先入観なしに取り組む**」というもの。書く前に、どんな物語になるか決めてはいけない。

「じゃあ、もしティンダーがいいものだとわかったら？　もし私が気に入ったらどうするの？」

エマは一瞬、ハハッ……とイヤな笑い声を放って、電話を切った。
私はティンダーのアプリをダウンロードし、ポチッとアイコンをクリックした。

お金ナシに恋はできない？

最初に気づいたのは、ティンダーは一見、セックスのためのアプリだけれど、実はお金のためのアプリだ、ということ。ティンダーを使うために早速、残りの人生ずっと年間99ドルを払うことを承諾してしまった私は、イラッときていた。つまり、このいまいましいティンダー実験が終わったら、ティンダーを退会するすべを探さなくちゃいけない。でないと一生、お金を請求される。

それから、ティンダーはフェイスブックと連動していた。私はフェイスブックを放置しているから、当然ながら相当昔につくったアカウントにつながって、私の写真の1枚がいきなり画面に現れた。もちろん、10年ほど前に撮ったものだ。それから、短いプロフィールも現れたけれど、そこには私のファーストネームと、そう、年齢も書かれていた。

すでに、問題が発生しかけている。ティンダーはフックアップ・アプリのはずだけど、50いくつの人間とつながりたい人なんている？

いるみたい。2人の男性が表示された。どちらも60代の喫煙者だ。

これはうまくいきそうにない。**私自身もババアだけれど、ジジイとはつながりたくないのだ。だって、それじゃあ日常生活とおんなじじゃない?**

自分のプロフィールを見ているうちに気がついた。ティンダーが勝手に、私が興味を持ちそうな男性の年齢層を設定しているのだ。なんと55~70歳に設定されている。

これにもムカッときた。「中年女性は、アプリが年相応だと考える男性としかデートしたがらない」と見なしているなんて、女性差別もいいところだ。

ティンダーに仕返ししてやろうと、男性の年齢層を22~38歳に設定し直した。

たちまち、すべてががらりと変わった。この年齢層からは、どっと反応が来たのだ。とくに22~28歳の男性たちから。

私はキティに電話した。「ねえ、このスワイプってやつがうまくできないんだけど。この人たち全員を、相手にしなくちゃいけないわけ? 母親くらいのトシの女性とフックアップしたい若者がこんなにたくさんいるなんて、びっくりなんだけど?」

次は、何をすればいいのだろう?

当然ながら、私の年でわかる人間はいない。みんなが知っているのは、私がすでに耳にしていることだけ。——ティンダーはフックアップ・アプリで、女性は男性に出会って、フェラをさせられて、二度と会ってもらえない。

オーラルセックスの候補者たちの写真はトランプみたいに表示され、これがゲームにすぎないことをはっきりと示している。これは、ユーザーがなるべく長く留まるように設計された、ゲームなのだ。

私はライク（いいね）のボタンを、ポチポチ押し始めた。ライクするたびに「マッチしました！」と安っぽい表示が現れる。わーい！　これはなかなか面白いかも。何だかわくわくしてきた。どういう意味かはわからないが、とりあえずマッチングしているのだから。

数秒後に理解した。マッチすると、メッセージがもらえるのだ。

私は、メッセージを読み始めた。

「あなたは『セックス・アンド・ザ・シティ』と関係がありますか？」

「あのキャンディス・ブシュネルさんですか？」

何と言えばいいの？　「はい」

ポンッ。返事が届いた。

「あなたはこのアプリにはもったいないですよ」

これには元気をもらった。この男性たちとは知り合いではないけど、彼らは私が誰かを知っている。私はこのアプリにはもったいないらしい。ええ、ええ。もったいないの。

でも、同時に不安になった。このアプリがそんなに悪いものなら、何でみんな登録しているのだろう？　しかも、何で登録している男性たちまで、悪いアプリだって言うの？

ここで誰かを口説きたいなら、いいアプリだと言うべきじゃない？

ひょっとして、ティンダーの男性たちって、とてつもなく知的なわけではないのかも。違う？

そのあと、ジュードと名乗る男性から、かなり長文のメッセージが届いた。内容は、私たちにはボビーという共通のフェイスブック友達がいて、そのボビーがいかにヤなやつで、どれほどひどい二日酔いをしていたか。そして、こんなふうに締めくくられていた。「あなたが誰かみんなが知ってるのに、アプリでデートしようとするなんてマズくはないのだろうか」

そうね、ジュード。最悪の結果に終わるかも。私の状況に思いを馳せてくれるなんて、親切な人。

私も返事を書いた。「どのボビー？」

もう一度、ジュードの写真を見た。私を引きつけた1枚には、ぼさぼさの黒い髪をして、あご髭を生やし、丸メガネをかけたユーモラスで知的な笑顔の男性が写っていた。この人は、自分が超絶キュートなスヌーピーの1バージョンだというジョークをわかっている気がする。すばやく残りの写真をスクロールしたら、ドラムをたたいている写真が出てきた。どうやらブルックリンにお住まいで、バンドのメンバーのようだ。だからおそらく、私とは住む世界が違う。

でも本当に、そうなのだろうか？

イマドキの出会いはオンラインに限る？

そういうわけで、ある水曜の夜、私のアパートメントで、エマと一緒にとある女子会を開いた。シンデレラならぬ「ティンデレラ」――定期的にティンダーを利用している若い女性たち――の集まりだ。エマも含め、そのグループの年齢層は、22歳（若年層）～33歳（ミレニアル世代）まで。

私の知る若い女性たちはたいていそうだが、彼女たちも素晴らしかった。ユニークなファッションセンスと、独自の考え方を持っている。みんなキャリアを大切にしていて、仕事が喜びの源になっているようだ。

私はシャンパンを注ぐと、みんなに自分のスマホを回した。彼女たちはすぐ、私とマッチした男性たちを分析しだした。

「わっ、この人を見て。エマーソン大学よ。ハンサムね」と、ハナがうれしそうに言った。「でも、大学生とデートするのはどうかと思って」と私。「じゃあ、『あなたはこのアプリにはもったいない』と言ってくれた、この男性はどう？」

あざといよね、とエリーサが言った。「男の人っていつも、『君はティンダーに来るには美人すぎる』とか『もったいない』とか言うの。それも口説き文句なのよ」

では、ジュードは？

全員があきれたように目を回した。彼のメッセージは長すぎるらしい。「**ティンダーの男たちって、反応がないか、長編小説を送りつけてくるか、どっちかなのよね**」と。

「でも、コミュニケーションって意味では、長いのはいいことじゃないの？」と私。よくないらしい。だって、そういう人はコミュニケーションのときに、「自分のことしか話さないから」

「でも自分のことで頭がいっぱいじゃない男の人なんて、本当にいると思う？」と私は聞いた。

「いない」の大合唱になった。

マリオンが質問した。「自分にしか興味がない男性を、女性としてどんなふうにかじ取りすればいいのかな？　それとも、ただ受け入れて、相手が2秒でも私に目を向けてるふりをしてくれたら、喜ぶべきなのかな？」

エマが口を開いた。この中で決まった相手がいるだけでなく結婚しているのは、エマひとりだ。エマが語りだした。「私は自分にしか興味がないタイプだけど、うちの夫はまったくそうじゃないの。私は自分の話ばっかりしてるから、時々夫に『どんな1日だったの？』って聞くことにしてる。そうすれば、バランスが取れるでしょ？　あなたも同じように自分に夢中になればいいのよ。だって、男はみんな、つき合ってる人がいても、自分のことしか考えてないもの。そんなふうに、2人ともとにかく自分を大切にして、それからほんの少しだけ相手を思いやればいいのよ」

私は、アハハと笑った。「今の名言が10年前に飛び出していたら、きっと言われたよ。『わがままなビッチめ。だから、あいつらには男ができないんだ』って」

「でも、エマには男がいるよ」とエリーサが指摘した。

なるほど。これはとてもいいサインだ。いい方向に変わってきたこともある、ということ。**女性たちは自由に思いを語れるようになり、男たちはそれでも喜んで彼女たちとマッチしている。**

その後、さらにシャンパンを注ぐと、全員がティンダーの悪口を言い始めた。

「ティンダーで男の人を探すのって、アパート探しとおんなじ」とジーナが言った。「退屈なのよ」

「ティンダーにいる20代の男はみんな処方薬を飲んでいて、精神科医に何らかの診断を下されてる」

「みんな言うの。『君のメールに返信できないのは、ADD（注意欠陥障がい）のせいなんだ』って」

そんな中、コリーナが言った。「メールの相性って大きいと思う。しっくりくることって、まれだから」。そして、さらにこう言った。「メールが得意な人とメールし合うのって最高。じわじわ期待が高まってく感じが、すごく好きなの」

「私はイライラしちゃう」とジーナが口をはさんだ。「誰かとマッチしたら、私は『いつ会える?』って聞くよ。永遠にメールなんてしてられない。長くメールをやりとりしてるのって、若者だよね」

「そう。リアクションGIF〔人のリアクションを集めたGIF動画〕とか使ってね」とエリーサ。

「えーっ、私はリアクションGIFが好きだけどなあ」と、22歳のコリーナが言う。

「GIFはある世代のものよね」とエマが言った。「おばあちゃん世代が絵文字を知らないのと同じ。私なんて『リアクションGIFって何?』って感じよ」

でも、それもこれも、最後には素敵な何かに結びつかなくてはいけないんだよね? たとえば、デートとか?

「デート?」とマリオンが鼻で笑った。

「何度かATMに連れていかれたことならあるけど。あれが私にとっての『デート』とコリーナ。「男の人が雑用をこなしてるのについて行く、とかならありそう。クリーニングを取りにいくのにつき合うとか」

「一度、男の人から『夜8時にレストランで会おう』ってメッセージをもらったときは、わくわくしたわ。『計画が立てられる人なんだ』と思ったから。でも結局、その人がレストランで会いたかったのは、おしっこがしたかったから。そのあとスタバに移ったけど、コーヒーを頼まないから、追い出されちゃったの」とハナ。

ジーナがあきれて天井を見上げた。「ママの家にでも泊まってたんじゃない？」

古い世代の1人として、そろそろ避けては通れないある質問をしなくてはいけない。デートがそんなに大変で、ろくな男性がいないなら、どうして昔ながらのやり方で出会いを求めないのだろう？　たとえば、バーとか？

「普通の男」が見つからない

「バーに行くのが微妙なのは、出会いがあるとは限らないこと。私は長年バーに通っていたけど、お持ち帰りして寝たのは2人だけよ。いや、4人かな」とジーナが言った。

とはいえ、デートアプリで相手を探すのにも、たくさんのハードルがある。とくに現実世界での相性は読みづらい。

「ネットでたくさんの男性を見て、思うのよ。『あー、あんまりイケメンじゃないな。魅力を感じない。でも、実際に会ったら惹かれるかも』って」とハナが言う。「実際に会ったら、相手の人間性がわかるけど、オンラインじゃわからないもの」

このとき、部屋の空気がさっと、妙に硬くなった。誰かが差別的な発言をしたときみたいに。

一瞬しんとしたあとに、エマが聞いた。「つまり、現実世界で出会うほうがいいってこと？　できることなら、現実の世界ですべての人に出会いたいってこと？」。そんなの無理だ、と言わんばかりに。

「何も、オンラインが悪いと思ってるわけじゃないのよ」とハナが強く言った。「ただ、背景を知らないと、たいていがっかりする羽目になる。写りのいい写真を6枚見たからって、じかに会ったときに相性がいいかどうかなんて、わからないでしょ」

もしくは、自分がどんな気持ちになるかも。

「ただセックスしたいって理由でティンダーをやるなら、問題ないの。自分できちんとかじ取りできるから。でも、感情が芽生えた途端に、やっぱり混乱しちゃう」とコリーナが言った。

「いわゆる『ときめき』ってやつ？」とエマが言う。「誰かに心惹かれたら、おしまいだよね。これは私たちより下の世代の場合かな。どんどん深みにはまってしまう」

「でも、私は誰かとセックスしながら、心も惹かれるのが好きよ」とマリオンが言った。

「それに、相手も自分を好きになってくれたら、最高のセックスができる」とハナ。

「それって、『恋に落ちた』ときの気分に似てるの？」と聞いてみた。

違うらしい。「今話しているのはね、相手を思いやる、ほんとにベーシックな感情のこと。別に親に会ってほしいとか、緊急時に連絡したいとは思わないけど、ほんのわずかな思いやり、っていうのかな」とコリーナが言った。

「優しいってことは、今や男性の魅力の一つよね。殺人鬼（サイコキラー）じゃないってだけで最高だもの」とエマが言う。

「優しいってことは、オープンで正直だってことでもあるけど、だからって『ぼくはこんな人間です』と100パーセント開示してるわけじゃない。だから、一応コミュニケーションが取れて、10点満点中6点なら、私は間違いなくセックスするわ」とハナ。

「多くを求めてないの。普通の人間であればいい」とマリオンも言った。

ハナが私のほうを向いて、遠い目をして聞いた。「あなたが若い頃のデートって、どんな感じだったの？」


この20分間に聞いた話に比べたら、30年前のデートは本当に楽しかった。この子たちに、ヘリコプターに乗った話をすべきだろうか？　もしくは、パリのホテル・リッツでの長くてロマンティックなディナーの話？　それともヨット？　ヴェニスでゴンドラに乗ったこと？

部屋を見回しているうちに、胃がムカムカしてきた。「簡潔に伝えたほうがいいな」と思って、自分のグラスにまたシャンパンを注いだ。

「そうね……」と、慎重に切り出してみる。「男の人と出会うと、たいてい電話番号を交換してた。とりあえずそれで別れると、2~3日後にその人が固定電話にかけてくるの。そして少しおしゃべり。相手が面白い人なら、最高よね。それから、『一度会わない?』って相手が聞いてくるの。時々、初めての会話が盛り上がって、さらに1時間話すこともある。だから、実際にデートの日が来る頃には、その人に会えることにかなりわくわくしてる。そして相手も、あなたに会えることにうきうきして――」

「でも、デートのときは、何をしてたの?」と、マリオンが割り込んだ。

私はまたシャンパンを飲み干した。「ディナーに行くのよ。そして、おしゃべりするの。いろんなことを議論するわけ。それからディナーのあとは、心地のいい夜だったり、雪が降ってたりしたら、公園を散歩したりするの」

「ウソでしょ」と、エマがあえぐように言う。

何だか恥ずかしくなった。「わかってる」と、私もうめくように言った。「古くさいよね」

「古くさいなんてまったく思わないわ」とコリーナが言った。「私は、すごく素敵だと思う」

思わず笑ってしまった。からかわれているのだろうか? みんな、デートアプリがない時代を、本気でうらやましいと思ってる?

エマが、硬い表情で部屋を見回した。「私たちの世代はみんな、今みたいな話に感動しちゃうけど、現実味がないのよね」

「でも、男の人と散歩するのにはやっぱり憧れちゃう」と、コリーナが期待のこもった声で言った。

ハナがため息をつく。「それ、一度やったことがある。すごく印象に残ってるよ。こんなふうにね。『いい？ 私は男の子と出会って、一緒に公園を歩いたの。それが私の人生に起こった一番ロマンティックな出来事よ』ってね」

10分後、私は玄関を閉めていた。空のシャンパングラスを集めながら、「エマの言う通りだ」と思った。ティンダーはよくない。その話をしただけで、すっかり気がめいってしまった。

次の日、私は気を引き締めて、ティンダーの自分のプロフィールをクリックした。すると、ほーら！ あのピンクの魔法の波が！ 私の顔の周りから、ディズニー映画のプリンセスばりにわっと波が放たれている。この波がどれほど元気をくれるか、すっかり忘れていた。しかも、ビンゴ！ 魔法が効いてる！ 2秒足らずで、1人がわなにかかった。デイヴという名前の、マッチョでセクシーな男性だ。

なかなか素敵な人じゃない。

「続けますか？」とティンダーが聞く。

当ったり前でしょ。まるでラスベガスにいるみたい。

自分を「盛る」人たち

それからというもの、ティンダーがやめられなくなった。ティンダーの話をするのも。私は言った。「みんなが何と言おうと、ティンダーの真実はね、私が今までにこんなにたくさんの男性から興味を持たれたことがあったか、って話。こんなの百万年ぶりよ。それに、みんな甘い言葉をささやいてくれるの。『目がかわいいね』って」

「でも、それがウソだったら?」。それでも続ける。「こんな素敵な言葉をかけてくれる男性なんて、長年いなかったんだもの」

そのひと言に、周りの女性たちもうなずいた。とくに、結婚したものの今離婚を迫られている子や、離婚したての子たちが。

みんな、私とティンダーでマッチした男たちを物ほしそうに眺めている。それから、フッとため息をつくと、無慈悲な元夫とのメールに戻っていく。週末に10代の子どもたちを預け合わなくちゃいけないから。

ヴィレッジで、キティと私は、私の恋人候補に目を通していた。お互い20代で、金欠で、ひたすら男の子の話ばかりしていた、あの頃みたいに。当時は、それが自分たちの問題をすべて解決してくれるかのように、男の子の行動や性格を分析したものだ。

「ねぇ、あなたはいつだってかわいかったけど、こんなに大勢の男の人から興味を持たれたことなんてなかったよね。25歳のときでもさ」とキティが言った。

「そうなの。しかも、全員が年下よ。なんかおかしくない？」

「ちょっとスマホ見せて」とキティ。

私のプロフィールをじっと見つめたあと、笑いだした。「なるほど。この写真、私が今まで見たあなたの中で、珠玉の4枚だわ」

「4枚？」。私は甲高い声を出した。「どんな写真？」

写真は、1枚だけだと思っていた。

私はスマホをひったくった。

ティンダーのやつ。ほかに、私の何をつかんでる？　それにこれ、どうやってやったの？

キティの言う通りだ。プロフィールには、ほかに3枚の写真が載っている。どれもかなり昔に何かの撮影会で撮ったものだから、きれいにヘアメイクをしている。

たしかに私のフェイスブックかインスタグラムの写真だけれど、何でこの3枚なの？

何で若い頃の写真だけなの？　年を重ねた私の写真の、どこがマズかったの？

私の最近の写真は、にっこり微笑んではいるけれど中年然としていて、郊外に住む誰かの「お母さん」という風情だ。誰か——ティンダーの人——が、実際に若々しい写真を選んだのだろうか？　それとも、得体のしれない分類(ソート)プログラムが、数学的に一番魅力的な写真を選んだのだろうか？

ティンダーが、ニセ者の私をこしらえた、ってこと？

要するに、「初ティンダー・デート」の前に、私は「ウソの広告をする人」になってしまっていた。そう、実物より長身で、イケメンで、巨乳で、金持ちで、魅惑的で、素敵な旅人で、顔が広くて、成功していて、若くて……とオンラインで自分を偽る人たちの仲間入りをしてしまったのだ。

「で、どうするの？」とキティ。

一緒に恋人候補に目を通しながら、私はうめいた。28歳のリチャードはイケメンだけど、うぬぼれ屋で手厳しいタイプに見える。25歳のクリスはかわいくて、ニューヨーク・タイムズ紙の技術部門で働いているが、大学生にしか見えない。スワイプして次のジュードを見たら、31歳だった。

「この人はどうなの？」とキティが聞く。

「この人はブルックリンに住んでいて、バンドをやってる。どこにでもいそうな人よ」

「だから何？　この人なら、ブルックリンのおしゃれなクラブに連れてってくれそう。いいんじゃない？」

数日後、できれば一度きりにしたいティンダー・デートの支度をしながら、気がついた。何度考えても、結局ジュードを選んでいたことに。

ワンピースのファスナーを上げながら思ったのは、ジュードが最初から、悪名高いティンダーの男たちとはまるで違っていたこと。そもそもティンダーの男たちは、「計画が立てられない」という話だった。

でも違う。ジュードは、きちんと計画できる。彼はわずか5回か6回か7回のメールで、「デート」の段取りをしてくれた。リンカーンスクエアのレストランに、飲みにいくことになったのだ。

「男たちはペニスの写真を送ってくる」

いいえ。ジュードはこれ以上ないくらい、礼儀正しかった。最初こそ二日酔いがどうのこうのと言っていたが、それ以降のメールは、丁寧で真面目な内容だった。

「彼はもしかしたら、サイコキラーかもしれない」

何日もジュードの写真を見つめて手がかりを探したけれど、彼の目は、純粋な優しさにあふれている。

ジュードの写真を見せると、みんなが言う。「とっても魅力的で、『男の中の男』って感じね」。男の中の男ってどういう意味かよくわからないけど、要は素敵ってことでしょ？

ただし、魅力的だとしたら、おそらく背が低いのだろう。何しろティンダーの初デートでいきなり、ハンサムで、優しくて、しかも長身の男性をゲットできるはずがない。もう一度、ジュードの写真に目を落としてみる。黒髪で、あご髭を生やしていて、黒い瞳がキラキラ輝いていて……ジュードが本当に背が低いなら、殺人鬼のチャールズ・マンソンにそっくりだ。

上等じゃないの。

歩いてレストランに向かいながら気づいたのは、ジュードは私がオンラインで出会った初めての人だ、ということ。そして、いろいろやってきた私ですら「こんな出会い方はあり得ない」という気がしていた。最近は結婚するカップルの半分がオンラインで出会うというけど、一体どうすればそんなことになるわけ？

私は直ちに妄想を開始した。このティンダー・デートが思いがけない物語に発展したら……？　あらゆる予想を覆し、デートアプリで出会った縁もゆかりもない2人が、最終的に結ばれるのだ。

いや、ぜっっっったいに、ない。

私は自分に言い聞かせた。この出会いは純粋にリサーチのためのもの。彼とセックスするつもりはないし、恋人になることもない。いかなる事情があろうと、近々一緒になる、なんてことは絶対にない。

レストランに入って、中をぐるりと見回した。

ほんのかすかにでも、ジュードの面影をまとっている人は……いなかった。でも、本当にそうだろうか？

みんなが口をそろえて言っていた。「とにかく、プロフィール写真とは別人だった」と。

ふと黒っぽいシャツとズボン姿の、さえない男性が目に入った。

ひょっとして、あの人がジュード？　誰かを探している様子はないけれど、どこかへ行くつもりもなさそうだ。ただそこに、壁にちょっともたれる感じで突っ立っている。でも、ジュードがそんなことする？　ジュードがただそこに突っ立っていると思う？

私はタタッと近づいて聞いた。「あなたがジュード？」

その人は、靴底にくっついたネバネバを見るような目で私を見た。「違う」。返事がとげとげしい。

私はちょっと尻込みして、カウンターへ向かった。そして、こちらに背を向けて座っている女性の隣に腰を下ろした。それから、白ワインとグラス1杯の氷を注文した。

もしジュードが現れなかったら？

いや、現れるだろう。それについては、みんなが保証してくれた。ティンダーの人たちは手間をかけて出会いの段取りをするから、約束は守るのだという。だから、少なくとも現れるはずだ。そう思って、私はさっと背筋を伸ばした。

すると、隣の女性のそのまた隣に座っている女性が、おしゃべりを始めた。大声で、男性の悪口を言いだしたのだ。私はスツールをずらして、ほんの少し彼女に近づいた。

まあひと言で言うなら、これまで男性の悪口ならさんざん聞いてきたけれど、これは別格だったということ。すさまじい悪意と、恨みと、怒りがこもっている。私は録音ボタンを押すと、スマホをそっと彼女のほうに滑らせた。

そうしたらプツッと、女性がおしゃべりをやめた。私は一瞬待ってから、スマホを手に取ると、録音されたのを確認して、消去ボタンを押した。

「すみません」と彼女が大きな声を出した。偽りの甘ったるい声だ。

マズい。

「今、私たちが話しだした途端に、スマホで何かしましたよね？　そのあと、私たちが話をやめたら、またスマホに触りましたよね？　私の声を録音したでしょ？」

しまった……。「ええ」と私は認めた。そして手短に、今思いついた言い訳をした。

「ティンダーについての取材を予定していまして、テープレコーダーがちゃんと動くか確認したかったんです」

すると、「ティンダーなんかクソよ！」と突然彼女が吠えた。「あれは最低。男の人に1杯おごってもらえるかも、って登録してみたんだけど、それすらままならないの！」

一方私は、どうやらままなりそうだ。ちょうどそのとき、ジュードが到着したから。しかも……とりあえずお伝えすると、写真より実物のほうが背が高くて、数倍ハンサムだった。

もしかして私、ティンダーでめったに出会えないユニコーンを見つけちゃった?

正直な男には落とし穴がある?

話し始めるとすぐに、今やお決まりのパターンだけど、ジュードもティンダーの悪口を言いだした。ティンダーの男たちの目的が、いかに一つ——セックス——しかないか。

「でも、どういうセックスなの?」と私。

「フェラだよ」と、にこりともしないで答える。

「でも、クンニはどうなの?」

ジュードは首を横に振った。「女の人は、嫌がることもあるから。とにかく**ティンダーは、男がイクためのものさ。なるべく速く、簡単にね**」

「もちろん、全員がそうじゃないでしょ?」

ジュードは何も言わなかった。

「あなたもそうなの?」

ぼさぼさの頭を振って、きまり悪そうに髪をかき上げる。

私は思った。ジュードもかつては「そう」だったかもしれないけれど、明らかに改心しようとしている。だから、そもそも私に会うことにしたのだろう。

ジュードはビールを注文すると、間もなく昔の彼女の話を始めた。

もちろん、一から十まで悲しい話。ジュードは、本当に、本当に、その子のことが好きだったみたいだ。2人は同い年で、1年以上つき合っていた。そして彼女のほうは今、音楽業界でそれなりの大物になっている。「成功したんだよ」とジュードはつぶやいた。

でも、ジュードにもキャリアがある。この3ヵ月間は、バンドと一緒にヨーロッパ・ツアーに出かけ、ベルリンなどで稼いできた。

「ベルリンに引っ越したいかも」と、恥ずかしそうに目を伏せて言う。

その頃には、私もグラスワインを半分くらい飲んでいたから、さっきよりくつろいでいた。「ベルリンになんか引っ越さないでしょ」と、励ますように言う。

「何で?」とジュード。

「バカバカしいから。時間の無駄だもの。ここでやっていることで成功したほうが、ずっといいからよ」。思わず彼の手を、ポンポンとたたきそうになった。「心配いらない。すべてうまくいくから」

いや、そうとも限らないけど。

ジュードは、家族が問題を抱えていることも打ち明けてくれた。彼は父親が躁うつ病だと思っているし、おじさんも自死してしまったけれど、おばあちゃんはそうしたすべてに「問題ない」と言い張っている。

「診断されてないけど、うちの家族はずっと、心の病を抱えてると思うんだ」とジュード。

ティンデレラたちとの会話が、ふとよみがえった。

ただしジュードは、「ぼくは大丈夫」ときっぱり言った。そして、おそらく余計な話をしすぎたと感じたのだろう。話題を、最近行ったベルリン旅行に変えた。3日間飲み騒いで、どんなドラッグをやったか指折り始めた。「外国で違法薬物をやっても、ろくなことにはならないよ」と言いたくなったけれど、母親くさくなりそうでやめた。

私は優しく、話題をティンダーに戻した。

ジュードの指摘によると、ティンダーというゲームは女性に分が悪い。理由は、女性を蔑視している、セックスのチャンスを増やしたいだけの男たちがつくったものだから。

「『君は俺に何をしてくれるの?』って、それしかないんだ。**男たちは女性を商品として見てる。モノとしてね。だって、スマホに現れる画像にすぎないんだから**」とジュード。「そのせいで現実味がない。女性の画像を見ながら、頭の中でやりたいことを何だってやれるわけだからね」

それから、女性を性的な対象としてとらえる「男性目線」について、いかにそれがひどいかを話し合った。ティンダーがどれほど男の最低な部分を引き出し、卑しい本能をむき出しにしてしまうかも。

男はペニスに牛耳られてる

翌朝目が覚めると、心が二日酔いしていた。歯を磨きながら気づいたのは、自分がジュードを気の毒に思っていること。

これはおかしい。何で私が、彼を気の毒に思わなくちゃいけないの？ ティンダーは感情抜きで使うべきもので、相手にも感情がないことが前提だから、何があっても平気なはずだ。

とはいえ、ジュードは私にあれやこれやと身の上話をし、私もちょっぴり彼が心配になっていた。もう二度と会わない相手だとわかっているが、「彼にいいことが起こりますように」と願わずにいられなかった。最低のふるまいだってできたはずなのに、ジュードは私に親切にしてくれたのだ。そして、「これは問題だ」と気がついた。私はティンダーで、「いい体験」をしてしまったのだ。

ところで、ジュードが男性をおとしめる発言をしたのは、一体どういうわけなのだろう？

私は、友達のサムに電話した。25歳のサムなら、真実を語ってくれるだろう。

「元気？」とサム。

「サム、ティンダー・デートしたジュードという人がね、男の人たちをひどくこき下ろしてたのよ」と、簡単に要点を伝える。そして、「あなたもティンダー、やってるわよね？」と、ちょっぴりとがめるように言う。「ねぇ、これって本当の話？」

「わっ、マジで聞きたいの？」

30分後、サムは自分のお団子ヘアをギュッとつかみながら、私のアパートメントをゆっくり歩いていた。「**男たちが知ってることが一つあるとしたら、『男はバカだ』ってことさ。ペニスに牛耳られてるからね。**だから男はあれを『リトル・ヘッド』と呼んでるんだ。ペニスに仕切らせちゃいけない、と自覚してるのに、そうなってしまってる」

「だけど、何で？」

「今の男は、そうなっちゃうんだ。ほかに選択肢がない。見たくても見たくなくても、12歳の頃にはハードコアポルノを見せつけられてるから。ティンダーもおんなじさ。そうしたくなくても、病みつきになる。あなたもぼくみたいな男なら、ティンダーは、あなたの心の一番醜い部分をあおるように設計されてる。その醜い部分はね、ひそかに美人コンテストの審査員を務めたがってるんだ」

「ほんとに？」

「だから、男たちはスワイプするのをやめられない」。サムはさらに言った。「とにかく数がすべてなんだよ。男が写真を次から次へと左スワイプで却下するのは、ほかにどんな子がいるのか見たくてたまらないから。それに、メッセージを送って写真に命を吹き込むまでは、ほぼ匿名でできるしね。そのあと女の子が返事をくれたら、もうセックスを承諾してくれたようなもの。ということで、ずっとスワイプし続ける。**これは男をクズに変えてしまうんだ。**クズだよ、クズ！」。サムは怒って歯ぎしりした。「妹たちのことを考えたらさ……」

マリオンが男性のことを、「普通の人間であればいい」と言っていたことを思い出した。「つまり、ティンダーの男の人たちは全員、最低だってこと？」

「全員じゃないさ」とサムは言った。「ぼくは違う。でもほとんどが最低」

「パーセンテージで言うと？」

サムは気まずそうに肩をすくめた。「**90パーセント？**」

ティンダーは、自分を大嫌いな人たちのアプリなのかも、と思った。だから男たちは、お互いを悪しざまに言うのだろうか？　ティンダーのせいで自己嫌悪に陥って、ついでに仲間たちのことも大嫌いになってしまった、ということ？

50代の女は透明人間？

ある晩、サッシーがヴィレッジからシティに会いにきた。パーク街（アヴェニュー）のホテルにある〝人気の独身者向け（シングルズ）バー〟とされている場所に。足を踏み入れてみて驚いた。バーには、魅力的な、年相応の男性がいっぱいいる。

私は、先に着いていたサッシーに加わった。そこで2人とも、ある男性に目が釘づけになった。ごましお頭のハンサムな男性だ。サッシーと私は、昔ながらのやり方で彼の注意を引こうとした。そう、目を合わせるのだ。

――ダメだ。女性のバーテンダーさえ、こっちを見てくれない。

「**私たちがトシだからか、透明人間になったのか、どちらかだよね**」と私。早く白ワインが飲みたい。「わかってる。もうトシなのよ」と私はうめいた。「でも、昔は私たち、ちょっとしたものだったわよね」

サッシーの友達のクリスティが入ってきた。クリスティは40代前半で、ニューヨークの多くの女性たちと同じように、10〜15歳は若く見える。透き通るようなみずみずしいお肌に、かわいらしい歯をしている。おそらく未婚のクリスティが、私たちのためにうまく立ち回ってくれるだろう。

私は言った。「クリスティ、あなたって美しくて、若くて、完璧。ねえ、この状態って

（サッシーと私を指さして）私たちのせい？　それとも、男たちはもうバーで女性に目を向けないって、本当の話なの？」

　バーテンダーと目が合うと、クリスティはぎこちなく笑った。「本当よ。男の人たちはもう、バーで女性に目を向けたりしない。もうそんな出会いはないのよ。**現実世界では、ほとんどやりとりしないの**」。そう言って、全員の白ワインを注文してくれた。「私たちは、そういう時代に生きてるってこと」

　サッシーと私はうなずいた。明らかに、私たちはルールをわかっていない。

「私は、ありとあらゆることをやってきたわ。すべてのデートアプリに登録してる。ティンダー、『Match（マッチ）』、『Plenty of Fish（プレンティオブフィッシュ）』、『Bumble（バンブル）』。マッチメーカーに会ったこともある。どこから芽が出るかわからないから、種まきを続けなくちゃね」

　で、芽は出たのだろうか？

「素敵な男の人たちと出会ったけど、私が気に入った人は、私を気に入らないの。時々、私ってどこかおかしいのかな、って思うのよ。それが何かわかれば、相手を見つけやすいと思うんだけど」

　クリスティは、こちらにちょっぴり身を寄せて言った。「私は、もっと自分を売り込むべきだと思うの。だって、誰も買いにきてくれないから」

　サッシーが、考え込むように白ワインをすすった。「自分は商品で、買ってもらわなくちゃいけない、ってこと？」

クリスティがうなずく。「**そう、私は商品なのよ。だから、見栄えよくパッケージし直さなくちゃいけない**」。彼女はひと息置いて、あたりを見回した。「でも、みんなはそう感じてないのかな？　友達同士の間でも、人は商品だと思うんだけど」

「あのね」とクリスティはさらに続けた。「私は、自分の人生が気に入ってる。仕事も大好きだし、友達も大好きよ。でも、プラスアルファがほしいの。それだけが欠けてる気がするから。手に入らないからだと思うんだけど、その欠けたピースがほしいのよ」

書き物をしようと腰を下ろしたときに、ハッとした。女性が男性を求める限り、男性を手に入れるチャンスがある限り、たとえ分の悪いゲームでも、女性はプレーし続けるだろう。

私はこの議論を「超若年層」と交わしてみることにした。若すぎて飲酒も投票もできないし、おそらくティンダーのようなデートアプリへの登録もしてはいけない人たちと。

「彼氏と別れてすぐに、またティンダーに登録したの。だって、つき合ってたとき、彼氏にプロフィールを削除させられたから」と、16歳の子が言う。「登録したらすぐ、気分がよくなったよ。みんなが私の写真にライクしてくれたから」

「注目よ。注目されたら、『人生最高』って気持ちになる」と17歳も言う。椅子の背にもたれて、ラテをすすっている。「いつも言うんだけどね、**ソーシャルメディアはどれも、**

ドラッグに似てる。インスタに『いいね』がつくたびに、体中が幸福ホルモンでいっぱいになるもん」

「あのね」と、16歳の子が私の目を見て言った。「たいていフックアップできるし、その関係で満足なの。それ以上、何も求めてない。だけどそのあと、男がめんどくさいことを言いだすの。そしたら、またティンダーに戻りたくなる。だって、ティンダーでは、追ったり追われたりしてればいいんだもの」

ティンダーが女性を商品化した

エマが電話してきた。「何か収穫(テイクアウェイ)はあった?」と。

「テイクアウェイ(お持ち帰り)」という言葉に、心がざわざわした。ファストフード店と、食欲をそそる食べ物の写真でキラキラ輝く、あのでっかいメニューを思い出したからだ。

これ——**お持ち帰り**——**が、未来のデートになるのだろうか?** そう、人間がメニューから注文される、商品になってしまうのだ。お好み通りに提供されるハンバーガーみたいに。

そんなことを考えていたら、ジュードからメッセージが届いた。「土曜日の2時から、ブルックリン・アカデミー・オブ・ミュージックで『ヘンリー4世』って芝居を観ない?」。もうチケットは購入ずみだという。

イヤとは言えなかった。

そういうわけで、寒い土曜日の午後、私はタクシーに乗ってブルックリンに向かった。タクシー代に30ドルかかったけれど、かまわなかった。ジュードはチケット代に、もっとたくさん払っているはずだ。「忘れずに半分払わなくちゃ」と私は自分に言い聞かせた。

劇場に着いて、中に入った。

そして、お決まりの「間もなく待ちぼうけを食らう間抜けな人物」さながらに、そこにいる全員をぐるぐる見回した。やがてみんなは、ひと組、またひと組とペアになっていき、ジュードは来ないとわかった。

私はジュードにメールした。「ねえ、何か行き違いがあった? 今BAMにいるんだけど」。そのあと、理由はいまだになぞだが、怒って電話を切るときみたいに「キーッ」と打ち込んでしまった。

ジュードからまたメールが来るとは思わなかったけど、来た。その晩、こんなメッセージが届いたのだ。「うわ、しまった、あー……もうこんな時間になってるなんて……。ほんとに、ほんとにごめん。きのうの夜、ER〔救急救命室〕に泊まったんだ」

私はため息をついた。ええ、そうでしょうとも。

一瞬、その「ERの冒険」とやらに興味がわいたけれど、それもほんの一瞬だった。そのあと気づいたのは、**私も〝ティンダー化〟している、ということ。だって、どうでもよかったから。**

でも、どうやらジュードは、どうでもよくなかったらしい。次の日、またメッセージが届いた。

「きのうは慌ててメールしてごめん。病院から戻ったばかりで、あんなに遅い時間だとは思わなくて。山ほどメッセージや留守電が残されていたしね……すっぽかして、ほんとにほんとにほんとにごめん！　あなたがマジでむかついてるのは当たり前だよ……俺は最悪だ。きのうの夜出かけて、ドラッグをやりすぎて、すっかり酔っ払って、どうやら自分の車と間違えて誰かの車に乗ろうとして、警官が来て逮捕されかけて（しばらく手錠をかけられてた）、そのあとERに送られたんだ。たぶん鎮痛剤か何かで落ち着かせてくれたのか、結局12時間ほど意識をなくしてた。もう一度言うけど、ほんとにごめん。すごく楽しみにしていたから、自分に相当腹が立ってる」

ジュードに返信した。「あなたが元気でよかった」って、笑顔のスタンプをつけて。

それから、笑ってしまった。私、見事にティンダーに遊ばれている。ティンダーはカジノだ。そして、カジノでは必ず店が勝つ、と相場が決まっている。

私たちが男に求めるもの

42丁目のチプリアーニで開かれた、セミフォーマルなディナーを抜け出して、外で休憩していたときのこと。女性が1人、古い銀行の柱と柱の間の階段に立っているのが見えた。背が高くてスリムで、ボリュームのある豊かな髪をしていて、身体にぴったりフィットしたカクテルドレスに、太ももまであるレザーのラップブーツをはいて、女性戦士のような装いをしている。

もちろん、しばし茫然（ぼうぜん）と見とれてしまった。すると、じっと見ている私に気づいて、彼女が近づいてきた。

「火をいただける？」と、ロシア語なまりで言う。

「もちろん」と私。

少しの間、無言でそこに立って、1パーセントの富裕層がリムジンやSUV車で行き交うのを眺めていた。

「一つ聞いてもいい？」と私。「ティンダー、やってる？」

「もちろんよ」と彼女は笑った。

「でも、どうして？　あなたは美しいわ。ティンダーに登録する必要はないように見えるけど」

その通りだとうなずきながら、彼女が手招きをした。

「ティンダーの秘密を知りたい？」

「ええ」

「登録すれば、インスタグラムのフォロワーが増えるの」

私は彼女をじっと見つめた。「ほんとに？　それだけ？　インスタのフォロワーを増やしたいだけなの？　じゃあ、どう思う？　……出会いを求めてティンダーに登録している女性たちのこと。そこで出会いがあっても、二度目のデートに結びつかないみたいだけど？　それに、男性が女性を気に入っても、女性が相手を気に入らない、とか聞くんだけど？」

ロシア人は、さっと振り返って言った。「そんなこと？」。「その答えなら、わかるでしょ」

「いいえ、わからない」と私。

「答えは、女性が少しも変わらないからよ。昔から、同じことが繰り返されているだけ」。彼女は一瞬黙って、たばこの火を振り払った。「私たち女性が、自分がほしいものをわかってないからよ！」

そして、勝ち誇ったように笑うと、くるりと背を向けて去っていった。

私はしばらく、そこに突っ立っていた。彼女の言う通りだろうか？　そんな古めかしい、男社会でさんざん言い古された言葉で片づくような、単純な話？

そのあと、「彼女は間違ってる」と思った。だって、女性たちは自分がほしいものを知っている。しかもたいてい、彼女たちが求めているのは、ささやかなものだ。そう、**ほんの少しの敬意**。ハナが言ったように、**人間らしく扱われたい、それだけだ。**

私は手を挙げて、昔ながらの黄色のタクシーを止めた。

「どちらへ？」とドライバーが聞く。

私は微笑んだ。

家へ。

第4章

レディーズ、準備を整えて！若者(カブ)が街にやってくる

最近ヴィレッジで、マリリンが21歳の男の子とひと悶着あった。マリリンの家に宅配便を届けにきた子なのだが、どうやら気さくなタイプだったらしい。彼女を口説き始めた、というのだから。

15分後、マリリンは何とか彼を追い出した。「電話会議があるの」と6回警告して、ようやく。そのあと、マリリンは電話会議をし、宅配少年のことなどすっかり忘れていた。夕方6時に、彼がメールしてくるまでは。

「あなたはとっても美しい。一緒に出かけませんか？　それとも、21歳なんて若すぎる？」

「ええ、若すぎる」とマリリンは返信した。

速攻で返ってきたメールには、「わっ！　厳しいな」と書かれていた。

私たちは「珍しい話ね」と片づけていたけれど、2日後、サッシーにもよく似たことが起こった。サッシーはその晩、オペラ歌手の歌を聴きに、内輪だけのパーティに出かけた。

主催者は、社交的な年配の女性だ。コンサートが終わって、中年の参加者がみんな、健やかな眠りにつこうと車へ急ぎ始めたときのこと。それまで仲間たちの後ろで控えめにふるまっていた、主催者の女性の22歳の息子が、サッシーに近づいてきてささやいた。「ねぇ、クラブへ行かない？」

その後、クウィーニーにも同じようなことが起こった。クウィーニーは、夏の間働いてくれる、24歳のインターンを雇った。ところが彼は、7月4日の独立記念日も来ないうちに、「すっごくセクシーですよね」とささやいて、クウィーニーにキスしようとした。

私は思わず首をかしげた。**中年の女性たちは今、若い男性にとって魅力的な存在なのだろうか？**

最初は「あり得ない」と思った。長年にわたって、若い男が10も20も30も年上の女性に惹かれるなんて考えられない、とされていたから。自然に対する冒とくに等しい、と。

その上、年配男性と若い女性のロマンスを扱った映画は山ほどあるのに、逆バージョンを描いた作品は、ここ数十年で一つしかない。そう、『卒業』である。

しかも、年配男性と若い女性は（30の年の差があっても）、夕陽に向かって車を飛ばし、末永く幸せに暮らすのに対して、『卒業』は関係者全員にとって、相当気まずい結末を迎える。

この映画のメッセージは明快だ。みんな（レディーズ）、おうちでは、絶対に、絶対に、絶対にまねをしないでね。

　そういうわけで、その後20年ほど、自尊心のある女性たちは、誰ひとりまねをしなかった。ところが80年代に入ると、降ってわいたように「クーガー（女豹）」が現れた。クーガーとは、セクシーな若い男性と大胆にセックスしたり、少なくとも彼らに夢中になるのをいとわない年上の女性のこと。セクシーな若者のほうは「ボーイ・トイ（若いツバメ）」と呼ばれ、黒の短パンをはいて筋肉をテカテカさせているマッチョな男として描かれることが多い。みんな彼らをギャグにしていたし、して当然だった。おかしかったもの。みんな、彼らを見て思っていた。「もしボーイ・トイとセックスしたら、翌朝シーツにベットリついたワセリンと汗が混じったシミを、どうやって落とせばいいわけ？」

　さらに30年たった今は、ポルノ映画のおかげで、世の中が変わった。**2007年、グーグルでのアダルト系の最多検索ワードは、「MILF（ヤリたくなるほどセクシーなママたち）」**。つまり、今では20、場合によっては30も年上の女性とのセックスを考えるとムラムラくる、という若者がたくさんいるのだ。

　しかも、別によくない？　エクササイズやエクステやボトックスやフィラーや健康的な食生活や最新のスキンケアのおかげで、実際にはもう子どもが産めない女性も、まだ産めるように見えるのだ。

そんなこんなで、彼女たちは、年上好きの若い男性の恰好の恋愛対象になっている。

恋に年齢は関係あるか

『卒業』に出てくるような、若い男性を追い求める年上の女性もいるが、「カビング（子ギツネ狩り）」とは、若い男性が年上の女性を追いかけることをいう。また、「クーガー」という言葉を聞くと、かなりの若づくりで面の皮が厚いいかにもな女性をイメージするけれど、「キャットニップ（ネコが好むハーブ）」と呼ばれるタイプは感じがよくて地に足の着いた、都会にも郊外にもどこにでもいるような女性たちが多い。そして実際、学校で会う誰かのお母さんである可能性がとても、とても高い。要するに、**ふとしたきっかけで、ある日突然、分別のある女性がトラブルのただ中に放り込まれてしまうのだ。**

たとえば、ジョアンがそう。ジョアンの場合、クウィーニーの家で開かれたディナーに参加したとき、事が起こった。クウィーニーは、シェフを雇っていた。最近は、以前ならもっと年上の人間がしていた仕事をミレニアル世代が担うケースが増えているが、クウィーニーのシェフも27歳だった。ジョアンとシェフはたまたま目が合って見つめ合っているうちに……バン！

不慮の事故、ってやつだ。

もしかしたら、何の問題もない恋だったのかもしれない――シェフが、クウィーニーの姪っ子の彼氏でなければ。クウィーニーは当然、腹を立てていた。ジョアンは「とくに問題ないでしょ」と言い、周りの意見も分かれた。でも、この状況で何が正しい行動かなんて、わかる人いる？

ジョアンがこの「年上好きの若者（カブ）」と一緒のところを目撃されてから、3ヵ月ほどたったある日のこと。私は、シティでばったりジョアンに会った。当然、2人はとっくに別れたものだと思っていた。

ところが、まるで逆だった。

彼はジョアンとデートしているばかりか、その3ヵ月間、ジョアンのアパートメントで暮らしていた。「同棲してたの」と、彼女は軽く肩をすくめた。「ほんとに、ほんとに楽しかった」。でも彼は今、1人で住む場所を探しているという。

ジョアンはちょっぴりきまり悪そうで、ちょっぴり弱々しく見えた。明らかに彼にほれ込んでいるのがわかる。「出ていくってことは、もう振られちゃうのかな」と思いめぐらしていることも。それに、恥ずかしく思っているのも伝わってきた。50いくつにもなって、私たちみんな、もっと分別を持つべきだよね？　と。

ううん、絶対にそんなことない。それから数ヵ月後、キティが、電化製品を買っている2人と出くわした。ジョアンと彼はまだ一緒にいたのだ。

カビング、というこの新たな世界では、そばを離れなくなる男性もいる。いや、さらに厄介なことに、恋に落ちてしまう男性もいる。

とはいえ、すべてのカビングがそう順調にいくわけではない。思いがけず若者(カブ)にアプローチされることに始まって、その子を家に住まわせて、最後にはひょっとしたらバージンロードを歩くことになるかもしれないけれど――若い夫と並んでいるあなたは、注目の的よ！――そこに至るまでには、ゾッとするような落とし穴がそこここに掘られている。

たとえば、**彼の家で朝目覚めたときに、両親が知り合いだったとわかったら……？**　マズい。これは1ヵ月前、ティルダ・ティアに起こりかけたことだ。

そんな目に、遭いたくはないでしょ？

「キュートな若者」という落とし穴

このカビング現象が油断ならないのは、どんな女性にも起こりうるからだ。年下の男性とつき合うなんて、一度も考えたことがない女性にも。

たとえば、キティ。キティはこれまでずっと、年上の男性が好きだった。10も15も年上の人や、もうすぐ元夫になる彼もそうだけど、20個上の人もいた。「知的な男性が好きなわ」

の。語るべきものを持っている人が。25歳でそれを持ってる人なんて、想像もつかない

そんな彼女がコロリと考え方を変えるなんて、思いも寄らなかった。

それは、キティのまだ結婚している友人の、ささやかなバースデーパーティでの出来事だ。この既婚者の友人アリソンは、キティが結婚していた頃、しょっちゅう遊んでいた友達だ。しかも彼女は、キティを今もパーティに招いてくれる数少ない当時の仲間。

夫の家を出て半年がたった頃、キティはしみじみ思った。離婚についてちまたで耳にする意地悪な話は全部、本当だったのだ、と。自分の離婚をめぐってみんなの意見が割れて、パーティのうわさは耳にするものの、招かれることはなくなる……。

久しぶりに招かれたパーティで、キティは「私は大丈夫、元気にやってるよ」と、まだ夫婦を続けているみんなを安心させようとした。彼らのほうもキティを安心させようと、男性たちは彼女を脇へ呼んで、いかに常々、元夫をヤなやつだと思っていたかを語り、女性たちはキッチンでキティを囲んで、「今にもっといい人が現れるから」と励ましてくれた。

ディナーが始まると、またキティとキティの恋愛が話題に上った。オンラインデートについて、既婚者が延々とわけのわからない話をするのだ。そういうデートがうまくいくものか、キティがトライすべきなのかどうか。

彼女はそのうち、どんどん気がめいってきた。バースデーケーキが登場する前に、何とかここを出る方法はないか、考え始めた。突然の腹痛とか、何だか気分がすぐれないとか、飼い犬に問題が起こったと泣きだすのはどうだろう？　そんなとき、突然バッとドアが開いて、20代の男の子たちが入ってきた。

いきなりの男性ホルモンの注入は、中枢神経にヘロインが打ち込まれたかのよう。瞬く間に空気が変わって、明るいハツラツとしたムードになった。中年グループはややシャキッと座り直し、会話のキレも増し、声も明るく大きくなった。大人たちが急に、若者の注目を浴びようと張り合いだしたかのように。

キティはすぐに思った。小柄でハンサムな子は、たぶんアリソンの23歳の息子、メイソンだ。メイソンとは、彼が12歳くらいのときから会っていない。ほかの子たちは、メイソンの友達だ。親たちの邪魔をすまいと、彼らはさよならと手を振って、「地下室で遊ぶから」と姿を消した。

大人たちは、リビングに移動した。話題はいつの間にか、バカンスの話に変わっている。キティにはもう手の届かない、むなしいレジャーの話。キティは開けっ放しのドアを見つめ、またつらつらと脱出方法を考えだした。そして、次にちらりと目を向けたとき、メイソンと2人の仲間が、滑るようにキッチンへ向かうのが見えた。

キティは咳払いして、周りに合わせるように笑った。それから、不格好なカップに入ったエスプレッソを置くと、立ち上がった。でも、ドアに向かって半分くらい行ったところで、パーティのホストに気づかれた。アリソンの夫も、かつてはハンサムでセクシーだったはずだけど、今は見る影もない。

「キティ」。これまで彼から聞いたことのない、女性を見下ろすような不適切なトーン。君はもう独り身だから俺の支配下にある、と言わんばかりだ。「どこへ行くんだ?」と彼は聞いた。

「お手洗いよ」

お手洗いには向かったけれど、そのまままっすぐ行けば、リビングにいる誰にも気づかれずにキッチンに入れる。もちろん、そのまま進んだ。

「こんにちは」とメイソンが言った。

「ごめんなさい、お水が飲みたかったの」とキティ。

一番セクシーな子——背が高くて、黒い前髪を長くたらした子——が感じよく微笑んだ。キティの目をまっすぐに見て言う。「ぼくがやりますよ」

そして冷蔵庫を開け、フィジーウォーターを取り出して、手渡してくれた。

キティは、ちょっと間を置いてから言った。「ほんとに飲みたいのはテキーラよ」

一瞬しんとしたあと、みんなが笑った。心底キティのことを、面白いと思っているみたいに。

メイソンが言った。「母さんの友達で、面白いのはあなただけだ」

するとー気に、キティの気分も晴れだした。そうでなければ、誘われたからって地下室へ行く？


そして階段を降りると、キティは古い娯楽室（レク・ルーム）へ行った。それは10代の頃、彼女がいつもしていたことだ。

この若者たちは、もちろん10代ではない。若い成人（ヤングアダルト）だ。ちなみに、このガラクタ室（レク・ルーム）には、ボロボロのカウチと古い卓球台がぽつんと置かれているわけじゃない。そこは卓球台と映写室と小さなバーもある、300平方メートルほどの空間だ。音楽とビールも用意されている。ほかに、女の子たちも2人来ていた。キティは、2人の母親たちのことも知っている。女の子の1人が、ビールを持ってきてくれた。

キティはビールをもらうと、メイソンと友達のところへ行って、少し話をした。2人が何か吸っているから「それ何？」と聞くと、ヴェポライザー〔たばこなどの葉を加熱し、その蒸気を吸引するツール〕だという。「どうぞ」と勧められたけれど、「上に戻らなくちゃ」と思ったキティは、さっきまでいた部屋の様子をありありと思い浮かべた。大昔から知っている頼もしい中年たちの顔……。やっぱり、ヴェポライザーを吸った。

メイソンの友達はその後もずっと、キティに話しかけてきた。何度か腕にも触れてきたけど、「うっかり触れたに違いない」と思ったし、自分の勘違いだろうと思った。キティは「上に戻らなくちゃ」と自分に言い聞かせ、「そろそろ行かなくちゃね」とあいまいにつぶやくと、メイソンを探して部屋を見回した。挨拶してから戻らなくては。

そのあと、メイソンの友達に誘われて卓球したり、ヴェポライザーをもう一度吸ったりしなければ、きっとそうしていただろう。ところがどういうわけか、卓球台から階段に向かって歩いていく途中で、その子がキティにキスしようとした。

いいや、本当にした。突然両手で顔をはさまれたキティは、ふっくらとした若々しい唇を感じた。彼は本格的にキスを始め、キティもキスを返していた！

でもそこで、ハッとわれに返った。自分は今どこにいて、何をしているのか。もし誰かに見られたら、アリソンに申し開きはできない。そうしたら、大変な騒ぎになるだろう。

キティは、若者をぐいと押しのけた。その子はがっかりした顔をしたけれど、離れてくれた。キティはタタッと階段を上り、トイレに駆け込んだ。そして髪をなでつけ、時計を見ると、30分もたっていた！　きっと誰かが、キティがいないと気づいているはずだ。

ところが、そっとリビングに戻ると、誰も気づいてない、とすぐにわかった。みんな、最近ワシントンで起きた政治家の犯罪を議論するのに夢中だから。

その間キティはずっと、カブのアプローチを思い返していた。あのキスのせいで、「私は本当に、年上にしか興味がないのかな」と思い始めていた。

このときキティに、何が起こっていたのだろう？

キティが帰ろうと立ち上がり、部屋を出ると、若者たちも魔法のように階段を上ってきた。彼らも出かけるところだという。というより、彼らがキティを必要としていた本当の理由は、車だとわかった。ナイトクラブへの足がほしかったのだ。多くのミレニアル世代がそうだけど、この若者たちは何かを忘れている。この場合は、車の免許を取ることだ。

そして、不慣れなカビングの問題点がここにある。想像してみてほしい。キティがあのままキスを続けていたら？　結局「アッシー」として利用したいだけだ、とわかる頃には、一体何が起こっていただろう？

アリソンはカンカンに腹を立てただろうし、キティも自覚している通り、仲間との関係に大きなダメージを食らっただろう。

私たちはみんな、キティの体験からいくつか学べる。

そう、**女性は次のような場合に、カブからの思わぬアプローチに弱いのだ。**

（a）**最近離婚したか、パートナーと別れた。**

（b）**ここ数年、あまり男性から注目されていない。**

（c）**普段しないことや長年していなかったことをした**（今回なら、ヴェポライザーがそう）。

キティはニアミスですんだけど、カブのアプローチがすべて失敗に終わるわけではない。実際、女性がうぶな場合は、カブからのアプローチが、セックスを伴う本格的な仲に発展することも少なくない。だからもう一度言うが、この新しいデートの世界については、学ぶべき教訓がある。**カブが若くて熱心だからといって、誘いに乗るのがいい考えだとは限らないのだ。**

情熱的なカブにご用心

今から話すのは、ティルダ・ティアが、サウサンプトンのクラブでのパーティに出席したときに起こったこと。パーティには若者が大勢来ていて、ティルダ・ティアはその1人と出会った。彼は背が高くて、とても魅力的で、お金持ちらしかった。そこでカブにアプローチされ、ティルダ・ティアは身を任せた。本当はすぐ終わらせるべきだったが、相手がとてつもなく情熱的だったのだ。二十歳そこそこの男子ならではの熱い感じ。彼は「あなたに夢中だよ」と、1日に15回もメールをよこすようになった。「元気?」「今誰といるの?」と。その後は彼女の寝室に、服がいっぱい詰まったスーツケースを置いて帰ろうとしたり、「両親に会ってほしい」と口にしたり。

具体的に言うと、ある日曜日、ランチに招かれた。その住所はなんと、ティルダ・ティアがよく知っている場所だった。以前、何度も何度も訪ねて、ランチをごちそうになった場所。**25年前、彼の両親と親しかった頃の話だ。**当時、カブはまだ生まれていなかった。

無理。こんなことがあっちゃいけない。友人夫婦の息子とつき合うつもりはなかった。たとえ彼らと、しばらく会っていなくても。ティルダ・ティアはカブにメールした。「あなたとはもう終わりにする」

あいにく、このカブはロミオ・タイプだった。突き放したことで、かえって熱く燃え上がってしまった。彼はティルダ・ティアの家に押しかけ、「もう一度チャンスをくれ！」と迫った。2人は大もめにもめ、最後はカブを玄関から閉め出し、彼のスマホを2階の窓から投げ捨てて、ようやく縁を切ることができた。

つまりこのカブは、あわやティルダ・ティアを別人に変えてしまうところだった。リアリティ番組『ザ・リアル・ハウスワイブズ』に登場するどのキャラクターよりもイカレた人物に。

夜、カブの家には絶対に行かないこと

これはマリリンに起こったことだ。マリリンは、土曜の夜は家でネットフリックスを観ることにしている。自分の人生よりよっぽど面白く見える物語にハマっているのだ。とこ

ろが、たまにあるのだけれど、マイアミの友人たちがヴィレッジに訪ねてくることになった。当然、彼女たちは出かけたがるから、マリリンも出かける羽目になった。

最悪。1人で過ごすのにすっかり慣れっこのマリリンは、もう3日もお風呂に入っていないし、髪も1週間洗っていない。新しい服に至っては、少なくとも1年は買っていなかった。でも、努力しなくちゃいけない。

マイアミの友人たちは、ヴィレッジの人気スポットをもれなく制覇したがった。最初、マリリンは退屈だったし、何だか場違いな気がして、気後れしていた。でもそのうち、友人たちがテキーラをがんがん飲むのを見て、自分も飲み始めた。みんながダーツをやりだしたから、マリリンはもう1杯飲もうとカウンターに戻り、バーテンダーと会話を始めた。バーテンダーのマイクはまだ25にもなっていないが、お互いオーストラリアの同じ市の出身だとわかると、「ちょっと裏に出ない?」と誘ってきた。

誰もこっちを見ていないから、マリリンは思った。いいよね?

オーストラリア人は、大型のごみ収集箱（ダンプスター）のそばで、キスをしてきた。

店に戻ると、タダで1杯、テキーラを飲ませてくれた。そして「俺の家で一緒にマリファナをやらない?」と誘った。この時点でマリリンはかなり酔っ払っていたから、「いいよ」とうなずいた。

カブの「家」は、ボロボロにくたびれ果てた、エアストリーム社のトレーラーハウスだった。

マリリンは継ぎはぎのリノリウムの床を、頑張ってほめた。気がめいるような70年代後半のデザインだ。造りつけのプラスチックのベンチの間にはテーブルがあって、そこは若者らしいガラクタであふれている。マリファナ用の水パイプにスピーカー、サボテン、さまざまな小さな缶に、汚れたコーヒーカップ……。マイクは腰を下ろして、マリファナたばこをつくり始めた。2枚の紙を貼り合わせ、それを上手に円錐状にして、たばことマリファナを混ぜたものを詰め込んでいく。

「俺のネグラ、どう？」とマイク。「かっこいいだろ？」

「ええ、とってもかっこいい」とマリリンは答えた。この人とつき合ったら、「ネグラ」なんて言葉を使わなくちゃいけないのかな、と思いながら。「ねえ、どこに寝てるの？」

「あそこ」とマイクが指さすと、シミの着いたマットレスが壁に寄りかかっていた。マイクが紙をなめて、先っぽを上手にねじったとき、マリリンは思った。「無理」。70年代のエアストリームのボロッボロのトレーラーハウスの中で、むき出しのマットレスの上で、セックスなんかできるわけない。

というわけで、「ここまで」という意思表示をしなくてはいけなくなった。

でも、マイクは浮かない顔をした。「何で？　俺のことが好きじゃないの？」

「あなたはとっても素敵な人だと思う。でもね――」。マリリンはひと息置いて、奥の手を出した。「私、あなたのお母さんくらいのトシだから」

「**いや、母さんより年上だよ**」

こうして、マリリンは徒歩で街へ戻った。本気で後悔するようなことが起こる前に、あそこを出られた幸運に、感謝しながら。

寝る前に、カブの身分証はチェックして！

カブとつき合うなら、賢くいきたいものだ。あなたは年上で分別があるからおわかりだろうが、カブは時折、とことんバカなことをする。

そして時にはあなたが、愚かなカブのせいで被害を被るかもしれない。いや、それどころか、だまされてしまうかもしれない。

これは、ミアに起こったことだ。

ミアの夫のブライアンは、ヘッジファンドを扱う億万長者で、ミアは3人目の妻だった。

彼女の50歳の誕生日に、ブライアンは、ピンクのライトがたくさんついた天幕の下で、大きなパーティを開いた。そこにはダンスフロアが設けられ、ポップスターのパフォーマンスも行われた。ブライアンはミアにダイヤモンドのネックレスを贈り、「君がいなかったら、今のぼくもいない」とささやいた。

その1ヵ月後、ブライアンはラスベガスへ行き、21歳のダンサーと出会って恋に落ちた。2ヵ月後、彼はミアとの住まいからそう遠くないアッパー・イースト・サイドのアパートメントに、ダンサーを住まわせた。そして4ヵ月後、新しい恋人が妊娠した。

ミアとブライアンは、完璧な婚前契約書を交わしていた。離婚のときは、ミアが一括払いで3000万ドルを受け取ることになっている。加えて、ハンプトンズの家をもらい、宝飾品もすべてそのまま使える。宝飾品だけで500万ドルは下らないという話だ。

ブライアンは財界の有名人だ。しかも今回の行動が、彼を知る人たちから見てあまりに「らしくない」ために、2人の離婚はゴシップ欄をにぎわした。だから、調停の詳しい中身まで、世間の知るところとなった。

ミアはハンプトンズの家に逃げ込んだ。2人の姉とひと握りの友人たちがすぐに駆けつけ、数週間は出入りしていた。でも、そのうちそれも途絶えて、ミアは1人になった。

いや、完全にというわけではない。ミアの家にはさまざまな設備――温水プール、広々としたいくつもの庭、テニスコートなど――がそろっていたから、常にあちこちに人はいた。

＊

　ある日の午後、ミアがプールサイドで寝そべっていると、姉が電話してきた。いつものように、話題の中心はブライアンだ。「あんなにひどい男だったなんてね」「私もいずれこうなると、わかっていなくちゃいけなかった……」。その間に、2人の男性が空調設備のチェックに到着していた。

　ミアは電話を切ると、そのうちの1人がわずか数メートル先に立っていることに気がついた。キラキラ輝く瞳と魅惑的な唇をした、驚くほどハンサムな若者だ。ある思いが、ちらりとミアの頭をかすめた。「こんなに若くてこんなにハンサムなのに、もうエアコン整備の仕事に就いてるの？」

「終わりました」と彼が言った。

「ありがとう」と、ミアも感じのよい笑顔を浮かべた。

　ところが若者は、そのまま帰るのではなく、何か聞きたそうな様子でためらっている。

「はい？」とミア。

　すると、彼は唐突に手を差し出した。「ぼく、ジェスと言います」

「ミアよ」。若者の手は、柔らかくて温かかった。

ジェスが微笑んだ。自分がハンサムで、ルックスがもっと素敵な何かを運んできてくれる、と知っている笑顔だ。「お話をつい、少し立ち聞きしてしまって……。あなたのご主人は――」。彼はかしこまった様子で、ブライアンの名を口にした。

ミアは、さっと凍りついた。この子の口からブライアンの名前を聞くなんて、平手打ちを食らった気分だ。ブライアンと、さらに言えば、この子を含め、彼を知っているあらゆる人たちへの怒りがふつふつとこみ上げ、さらには疑念までわいてきた。一体何でこの子がブライアンのことを尋ねるの？　ブライアンの知り合い？　ブライアンがこの子を、スパイとして送り込んできたということ？

「ええ、以前はね」と、ミアは冷たく言った。「どうして？」

「ぼくの憧れの人だとお伝えしたくて」

初めは、意味がわからなかった。ブライアンが憧れの人？　何でそうなるの？　でも、「なるほど」と思った。いつの時代にも、お金という神さまを大喜びであがめる、見当違いな若者はいるものだ。

ミアは唐突にキレた。「夫はクソッタレよ」と彼に噛みついたのだ。

そして、すぐに後悔した。このジェスという若者が、ブライアンの名前を出したことを平謝りしだしたからだ。見ているこっちがつらくなるほどに、まだ若いジェスを不安にさせてしまった。「問題ないわ」「私は大丈夫」「いいえ、あなたのこと怒ってなんかいない」「あなたはクビになったりしないから」と彼をなだめるのに、10分はかかった。

ジェスは、ようやく帰っていった。人の出入りが見えにくい、生垣の裏の通用門から。

ミアがキッチンに入ると、ハウスキーパーとすれ違った。2人いる住み込みスタッフの1人で、買い物に行くところだという。エアコンについて手短に話しているうちに、さっき交わしたブライアンについての会話がよみがえってきた。ワインをさらに注いでいると、ミアは手が、怒りに震えているのに気がついた。

「ミア？」

思わずグラスを落としそうになった。振り返ると、ジェスが戻ってきたばかりか、キッチンに立っているのが見えた。

「ごめんなさい。忘れ物をして……。大丈夫ですか？」

「大丈夫に見える？」とジェスをにらむと、ミアはグッとワインを飲んだ。アルコールが自分の手綱を取り戻す助けになってくれたら、と。もちろん、そうはならなかった。それどころか、ジェスがそばへ来て「ご主人に何をされたんですか？」と尋ねると、ひどい話を洗いざらい、詳しく語り始めた。友人たちにもう何度も何度も聞かせ、そらで言えるようになった話を。

ハウスキーパーが戻ると、ジェスはようやく帰っていった。「ぼくかスタッフの誰かが、2～3日のうちに、また空調を確認しにきます」と言い残して。

ミアは当時、ロゼワインを飲んで、電話ばかりして過ごしていた。夕方の6時には、ボトルが空になっている日もあった。その頃には頭痛がして、ありがたいことに数時間は酔いつぶれていられる。実際、ジェスが空調の確認に戻ってきた午後も、ボトルはほとんど空になっていた。

ミアはほんの少し酔っ払い、ほんの少し腹を立てていた。だから、家の隅っこまでジェスを追いかけていった。そこは、杉の木の裏に大きな空調設備が隠れている場所だ。ミアは「何でブライアンが憧れの人なのよ?」と問いただした。すると、ジェスはこう説明した。「うちの学校の奨学基金にお金を出してくださって、ぼくのような若者が仕事に就けるように、支えてくださってるからです」

おかげで今、ジェスは働いている。しかも、サウサンプトン大学でも学んでいる。そして、仕事も学校もないときは、サーフィンをしている。「あなたもサーフィンをすればいいのに」とジェスに言われて、ミアは笑い、「考えとくわ」と答えた。ミアは今、また震えている自分に気づいていた。でも、今回は怒りのせいではなく、突然芽生えた欲望のせいだった。驚いたことにミアは、強烈にジェスを求めていた。

2日後、酒屋でロゼワインをケース買いしていると、駐車場でジェスに会った。「パーティですか?」と聞くから、「いいえ。友達が何人か遊びにくるの。みんなお酒が好きだから」と答えた。

ミアは「社交辞令よ」と自分に言い聞かせながら、「いつか、飲みにいらっしゃいよ」と誘った。

そしておそらく、ジェスも社交辞令で、ミアの電話番号をスマホに登録した。

翌晩7時頃、ミアがベッドに寝そべって「ブラヴォー」のリアリティ番組を観ていると、スマホがブン、と鳴った。

「こんばんは、ジェスです」とメールが来た。

一気に気分が高まった。「こんばんは、ジェス」と返信した。

「そこにいる？　遊べる？」

「もちろん」とミアは打ち込んだ。恥じらうことすら面倒になっているけれど、気にならなかった。ジェスも同じだ。2人ともまだグラスワインも飲み干していないのに、ジェスは、ミアの顔を両手ではさむとキスを始めた。ミアも抵抗するどころか、あっという間に高ぶっている自分にショックを受けた。また味わえるなんて思いもしなかった、あの感覚だ。

少しいちゃついたあと、ジェスはミアの手を取り、上の階の誰もいないゲストルームへ導いた。彼が服を脱ぎ始めたので、ミアもそうした。するとジェスはバスルームに入って、シャワーの蛇口をひねり、おいでよと手招きした。

ジェスがこちらへ身をかがめると――背がミアより20センチは高いから、ブライアンが5センチ低かったことを思うと夢のようだ――2人はお互いの身体に石鹸をつけ合って、またいちゃいちゃし始めた。これも、ミアがすっかりご無沙汰していたことだった。それからジェスは、ミアをタオルで包み、くるっと回転させてはぎ取ると、それをベッドに敷いた。

それからまたミアのほうへ身をかがめ、ミアが組み敷かれるまでキスを続けた。

そこから先は、ポルノ映画さながらだった。ジェスはクンニリングスを始め、舌をすばやくあちこちへ動かし、ミアを回転させてシックスナインの姿勢を取らせた。彼のペニスは短めで太かったけれど、ミアが触れる前に、ジェスはあおむけになり、自分で用意してきたコンドームに手を伸ばした。それをさっと装着すると、ミアを引っ張って馬乗りにさせた。ミアはペニスの先を自分のその部分にこすりつけ、彼がスムーズに入れる魔法の入り口を手探りで探した。ジェスがグッと腰を動かして中に入ると、ミアは骨盤を揺らし始めた。彼が中にいるのを感じ――久しぶりに――自信がみなぎるのを感じた。まるでセックスの達人になったみたいに。本当に、ポルノ女優になれるかのように。

「行け、カウガール」。そう思った。

そのうちジェスがイッて、ミアもイキそうになったけれど、イカなかった。でも、「大丈夫よ」とジェスをなぐさめた。次はイクから、と。

ジェスは10分後には消えていたが、ミアはクタクタで気づかなかった。というより、気にしていなかった。

2週間がたち、3週間が過ぎた。3週間の間、ミアは一度もジェスに会っていないし、連絡もない。最初は腹が立ったけれど、怒りは徐々に消えた。「驚くなんておかしい」とミアは自分に言い聞かせた。男はみんな最低で、ジェスもその1人だった、というだけのこと。

ミアはまたロゼのボトルに戻った。ロゼは期待を裏切らないから、どっぷりハマった。そんなとき、久しぶりのメールが、もうろうとしていたミアを引き戻した。

「ねえ、遊べる?」

ジェス！ 彼のことはもう忘れかけていた。それなのに、またメールにうきうきしているなんて信じられない。

早速返信した。「いつ?」

すぐに返事が来た。「親友と一緒なんだ。2人で20分以内に行くよ」

ジェスの友達のドリューは薄気味の悪い若者だったけれど、せっかくジェスに会えたのだからと、なるべく気にしないことにした。ミアは、あっという間に酔っ払った。あとの2人も同じだ。その後、ドリューが去って、ジェスと2人で2階に上った。すると、ジェスが言った。「やらないよ。あなたは酔っ払いすぎだよ」

これは、一番聞きたくない言葉だった。「私は酔っ払いなんかじゃない。さあ、早く!」。切羽詰まった声に、自分でもショックを受けた。

ジェスはためらっていたが、それもほんの一瞬だった。彼がズボンを脱いだので、ミアは軽くペニスを握り、若者ならではの猛烈な勃起を、改めて目の当たりにした。

ところが、今回のセックスは瞬く間に終わってしまい、ミアが止める間もなく、ジェスは帰ってしまった。ミアはワインのボトルを抱え、またベッドに戻った。そして、あっという間にまた朝の6時を迎え、頭が割れるように痛んだ。ミアは水をごくごく飲んで、また睡眠薬を半錠飲んだ。


1週間後の午後2時、ジェスがまたドリューと一緒にやってきた。

ミアはもう何を装うのも面倒くさくて、ポンッと新しいワインのボトルを開けると、それぞれのグラスに注いだ。3人で、キッチンのテーブルに座った。

「ところで、ミア」とドリューが切り出した。「ぼくらの間に、問題が生じてる」

「問題?」。これは意外な言葉だった。「問題」が生じるほど、ジェスのこともドリューのこともよく知らない。

「ジェスから、何があったか聞いたよ」とドリューが言う。

ミアは、いぶかしげにジェスを見た。「何の話?」。

「**こいつ、未成年なんだ**」とドリュー。

「何ですって?」。最初に思ったのは、ワインを隠さなくちゃ、ということ。ジェスが未成年なら、お酒を飲んではいけない。ミアはジェスの前に置いたグラスワインを、後ろめたそうに見つめた。「何で言わなかったの?」

「聞かなかったから」とジェス。

「じゃあ、身分証を見せて」と言うと、「こいつ、免許証を家に忘れたんだ」とドリューが言った。「何でこんなことを?」とミアが尋ねると、ジェスはおびえたような顔をして、黙り込んだ。

ドリューが単刀直入に言った。「ぼくらは、あなたをゆするつもりだよ。最低でも10万ドルはほしい」。2人は、ミアがどれほどお金持ちかを知っていた。新聞で離婚調停の記事を読んでいたのだ。そして今、未成年のジェスとセックスしてしまった以上、お金を払わなければ、逮捕されてしまう。

その後3日間、ミアはパニックに陥った。何でこんなことになったのだろう? 誰かに話したくてたまらないけれど、一体誰に話せばいい? 女友達は誰も、わかってくれないだろう。それどころか、ゾッとした顔をするはずだ。そして、こう言うに違いない。「やっぱりね。そうじゃないかと思ってた」。やっぱりミアは、ひどい目に遭って当然の悪い女なのだ、と。でも、どうせ逮捕されるんだから、もうどうだっていい。私の写真がわっと世間に広まって、人生は終わる。

その2日後、ジェスの上司が立ち寄った。上司はとてもいい人で、妻と近くの町に住んでいる。今もハンプトンズで暮らす、成人した子どもが2人いる。彼は話好きなので、おしゃべりしているうちにミアは——ほかに話せる人がいなかったからだろうが——ジェスのことを打ち明けた。

上司は、真っ赤になって怒った。彼はジェスをよく知っていた。以前は自分の娘と一緒に、高校に通っていたから。「大学生だ」という最初の話は本当だった。彼は17歳ではなく、20歳だった。

2日後、ジェスが謝りにきた。計画したのは自分ではなくドリューだ、と。「憧れの人の奥さんだった人とセックスしてかっこいいだろ、って自慢したら、ドリューがふざけてあんなことを思いついて、冗談だと思ってたら、あいつほんとに頭がおかしくて……もう二度とあんなやつとは話さないつもりです」

ミアはジェスを許した。それは、ミアが善人だからでもあるけれど、何よりジェスの話も、下手くそな言い訳も、聞くに堪えなかったからだ。

ミアはその後、友人たちに打ち明けた。するとみんな、思いきり笑い飛ばしてくれた。つまるところ、ミアは、カブと冒険して突拍子もない、わけのわからない目に遭う中年女性の1人になったのだ。今冒険中のほとんどの人が、数年のうちに、似たような経験をするだろう。

かと思えば、カビングを次の段階に進める人たちもいる。

転がり込んでくるカブ

これは、女性が一度か二度っきりの出来事だと思っていたことが、日常的になったときに起こる。カブがあなたの家に泊まり始めると、そのまま転がり込んでくる可能性が高いのだ。ほら！　気がつけば、カブがあなたの家で暮らしている。

では、いくつか質問をしよう。

その場合、あなたはカブを、友達にどんなふうに紹介する？　彼がもう1ヵ月もあなたと暮らしている理由を、どう説明する？　もし友達が彼を気に入らなかったら？　いや、それどころか、ひたすら無視を決め込んだとしたら？

今のは、サッシーと私に起こったことだ。

ジェームズが登場したのは、6月まであと2週間もない、ある日のこと。

彼はキティの家のキッチンテーブルの隅っこに、居心地悪そうに座っていた。女子の面々――サッシー、ティルダ・ティア、マリリン、クウィーニー、私、それからクウィーニーの10代の娘――に囲まれていたから。

私は当然、クウィーニーの娘の友達だろうと思っていた。そもそも、みんながうるさくしゃべっていたから、あまり深く考えなかった。それに、女の中に男がぽつんと1人いるときはたいていそうなるけれど、ジェームズも静かに目立たないようにしていた。

だから、想像してみてほしい。その2日後にサッシーの家に寄ったらジェームズがいて、私がどんなに驚いたか。

ちょうどお昼時で、サッシーはちょっと戸惑った様子だったが、手短にこう説明した。

「ジェームズに、新しいスマホのことでいろいろ教わってるの」

あらそう、と私はうなずいた。あとで知ったのだが、手放せないほど重宝な存在になること――たとえば、アイフォンの設定をする、音楽をストリーミング再生する方法を教える、さらには、ひとっ走りしてお酒や食べ物を買ってくる、なんてことさえも――カブが女性の家に住ませてもらうための、あざとい手段の一つだ。

でもそのときは、とくに何とも思わなかった。実のところ、もう一度彼のことを考えたのは、サッシーがバーベキューをしたとき、ジェームズがそこにいたからだ。そう、またしても。肉を持ってきたのは彼だったけど、それにしてもね。

私はジェームズに、ちょっとイライラし始めていた。この子、毎回参加するつもり？でも何で？　彼は私たちより少なくとも20、いや25歳は若いはずだ。好き勝手やってる中年女の集まりの一体何が面白くて、一緒にいたいのだろう？

翌日、ティルダ・ティアとサイクリングに出かけた。私はすぐに、ジェームズについて尋ねてみた。「彼のこと、何か知ってる？」

ティルダ・ティアは肩をすくめた。「不動産屋よ」

「仕事に就くほどの年なの？」

「もうすぐ30よ。4ヵ月前に彼女と別れて、退屈してるんじゃない？」

その彼女がいくつだったのかは、尋ねなかった。その代わり、「サッシーとどんなふうに出会ったの？」と聞いた。サッシーに自分で尋ねてもよかったけれど、何となく聞きづらかった。

ティルダ・ティアは、あいまいな返事をした。ティルダ・ティアがまだカビングしていた時期に、夜のクラブでどうのこうの……。ティルダ・ティア自身はもうカビングをやめて、今はティンダーをやっている。

さらに1ヵ月が過ぎた。パーティでサッシーに会うたびに、相変わらずジェームズがうろついていることに、私は驚きつつもイラッときていた。ジェームズはサッシーの飲み物を取ってきてやったり、私たち全員と仲よくやっているようだが、私はいぶかしんでいた。だけど、みんなに聞いてみると、全員がジェームズを「大好き」だという。彼がいると便利だし、喜んで「お抱え運転手」をしてくれるから。

その後はみんなが、「ジェームズはサッシーの家にいる」と気軽に口にするようになった。「とりあえず、しばらくはね」と。彼は別のところでシェアハウスをしていたけれど、契約があと1ヵ月で切れるのだという。だから今は、ジェームズも彼のフォルクスワーゲン・ビートルも、とりあえずサッシー宅のドライブウェイにいるというわけ。

これもカブがよく使う手口だ。住む場所を失って、いきなり転がり込んでくるのだ。ジェームズもそうだけれど、カブはいつだって初対面のときは、住む場所があると言う。でもその後、「住む場所」はあいまいになる。おそらく「泊まる」場所の話をしていたのだろう。やがて不思議なことに、住む場所は消え、カブはホームレスになる。

そうなったら、あなたの家よりいい場所なんてある？

当然ながら、カブは安心させるように――そして、釘を刺すように――「一時的なことだからね」と言う。女性がいつまでも喜んで置いてくれるわけじゃない、と知っているからだ。いつまでも一緒に、と考えるほど、まだ深い仲でもない。男女の仲は生ものだから、怖くて仕方がないはずだ。とくに3ヵ月後に、自分がどこに住んでいるかわからない場合は。

そういうわけで、おそらくサッシーも、秘密にすることを選んだのだろう。

サッシーとジェームズは男女の仲かも、と私は疑っていたけれど、確かめられなかった。何の手がかりも、素振りもないから。2人がチラチラ目を合わせることも、手をつなぐことも、廊下でささやき合うこともない。

サッシーと私がベランダで話していると、ジェームズはたいてい家の中でネットサーフィンをしている。帰るときにすれ違うと、お互い手を振って挨拶をする。サッシーとジェームズがやりとりするときは、だいたいスケジュールの話をしている気がする。

彼、アシスタントか何かなのだろうか？

ちなみに、「その日」はやってきた。私はティルダ・ティアとのサイクリングをさぼって、午前中に手紙を出そうと街まで車を走らせ、サッシーの家に寄ることにした。車が2台とも停まっていたから、中に入った。でも、誰もいない。念のために、サッシーの部屋をのぞいた。ベッドはくしゃくしゃで、両サイドにある枕は、どちらも使われた形跡がある。床にはなんと、封の開いたコンドームの袋が落ちていた。

知らなかったのは、私だけ？

「何で教えてくれなかったの？」と、その日のうちにティルダ・ティアに言った。

「教えるって、何を？」。いつものように彼女は、ティンダーと次のデートのことで気もそぞろだ。

「サッシーとジェームズがただの友達じゃないことよ。2人は一緒に寝てるのよ！」と、私はとどろくような声で言った。宗教がかった映画に出ている、チャールトン・ヘストンばりに。

「だから？」

「サッシー、私には言ってくれなかった」

「私にも言ってないよ」とティルダ・ティアア。「つまり、私たちに言わないってことは、知られたくないってことでしょ」

「わかった。私たちはなんにも知らない」。そう言いながらも、私はサッシーに直接聞こうと決めていた。

でも、いざとなると、「あなたとジェームズって……」。そこまで言うのがやっとだった。

「私が25も若い男と一緒になるつもりだと思う？　やめてよね」とサッシーは言った。

そして夏の終わりに、静かにカブを追い出した。

2人の冒険がオープンではなかったからかもしれないが、サッシーとジェームズは今も友達だ。ジェームズは間もなくサッシーのところへ、新しい恋人を連れてくる予定だという。サッシーは彼女に会うのが待ちきれない様子だ。もちろん、私たちも。

これからのスタンダードの行方

年上の女性と若い男性との関係については、わからないことがたくさんある。そう、わからないことだらけだ。たしかな結論を導けるほど、カップルがいないから。

でも今後は、そういうカップルがますます増えていくだろう。少なくとも、インターネットによれば。

ネットには、年上の女性と若い男性の関係を調査するサイトが山ほどある。もちろん、そんなカップルの中にはモデルみたいなルックスの人たちもいるけれど、たいていは42歳のミーガンみたいな、ごく普通の女性たちだ。ミーガンはビデオブログをやっていて、「年の差恋愛」をこんなひと言にまとめている。**「ねぇレディーズ、年上の男性との恋なら、してみたことあるよね？　思い通りにいかなかったでしょ？　なら、逆バージョンを試してみない？」**

カビングの未来は、大きく開かれている。

第5章

靴と顔、どっちにお金をかける？

「あなたのアパートメントはどこにあるの？」と人からよく聞かれる。「アッパー・イースト・サイドよ」と答えると、みんなあきれたような顔をする。たしかにアッパー・イースト・サイドはかっこよくない。退屈だし、日が沈むともう〝終了〟って感じだし、ベビーカーとお年寄りがやたら多くて、面白い人なんて1人も住んでいない。とはいえ、最先端の人たちやかっこいい人たちが「こんなところで目撃されたくない」と思っているおかげで、うちのアパートメントはニューヨークシティにしては、ちょっぴりお手頃だったのだ。残念ながら、この近所でお手頃なのは、うちのアパートメントだけだったけど。

ようこそ、マディソン・ワールドへ

それに気づいたのは、引っ越して2日目の朝に、散歩に出かけたときだ。半ブロックも行かないうちに、メガネがディスプレーされているショーウィンドウが目に入った。新しいメガネがほしかったことを思い出し、私は中へ入った。

渦巻き木目調の壁に、葉巻箱（シガーボックス）で飾られたショーケース。この小さな店は、「紳士クラブ」〔上流階級の男性専用の会員制クラブ〕でたまたまメガネも売っている、といった雰囲気だ。おしゃれな若い男性が寄ってきて、「何かお探しですか？」と聞いた。私はべっ甲のフレームを指さして、自分のメガネを外し、レンズのないそのフレームをかけてみた。でも、似合っているのかどうかわからない。自分のメガネがなければ、『蠅の王』のピギーじゃないけど、なんにも見えないのだ。

「わからないな」と私は言った。「おくいらですか？」

「３０００ドルです」と、店員がこともなげに言う。それが世界中のメガネフレームの相場であるかのように。

３０００ドル？　これも？

「そこにレンズのお値段が加わります。片眼で１０００ドルになります」

つまり、５０００ドルのメガネだということ。

「なるほど」と、私は満面の笑みで後ずさりした。

そして、すっかり気後れして、店を後にした。私はこのエリアにふさわしくないし、ご近所のみなさんは、そのことをご存知だ。

マディソン・ワールド。そう呼ぶことにした。5番街（フィフス・アヴェニュー）とパーク街（アヴェニュー）の間にあるこの場所は、金・銀・ダイヤモンド、宝石をちりばめた時計、クロコダイルの靴、それに、クリスタルがきらめく手刺繍を施したドレスが詰まった、アラジンの洞くつだ。マディソン・ワールドでは、奇抜なファッションに身を包んだ女性たちが闊歩している。まるでここが、世界一華やかなランウェイであるかのように。

みんな、私がよそ者だとわかっている。動きやすくて楽ちんな、このくたびれた綿パンでわかる。もう何週間もドライヤーでブローしていない、この髪でわかる。いや、何といっても靴でわかるだろう。何しろハワイアナスのビーサンだから。もう一度、おしゃれを学び直さなくちゃ。

試着室でシャンパンを飲んだら

みなさんは、「当たり前のことをしてるだけでしょ？」と思うかもしれない。マディソン街（アヴェニュー）で店に入って何かを買う——それだけだから。でも、マディソン・ワールドでのショッピングは、すんなりとはいかない。複雑なプロセスなのだ。

そこでは、店員たちとのさまざまなやりとりが発生する。ちなみに店員たちは、あなたに商品を売るべきかどうか、あなたに買う余裕があるのかどうか、ひょっとしたらその店にふさわしい人なのかどうか、品定めするためにそこにいる。マディソン・ワールドで何かを買うのは、わが子を私立の名門校に入れる試みに似ている。いや、名門校に入れるほうがまだ楽しいかもしれない。知らない人たちの前で、服を脱がなくてもいいから。

まずは、試着する服を見つけなくてはならない。

これがまた、口で言うほど簡単ではない。高価な服はたいてい、観光牧場の馬みたいにラックにチェーンでつながれている。ただしこれは、盗難防止のためじゃない。盗んだところでバレバレだから。こういう「服」はたいてい手の込んだつくりをしていて、普通の買い物袋にひょいと隠せるような代物ではない。服がチェーンでつながれているのは、厳しくこう言い渡すため。「勝手に触れてはいけません」。試着室に持ち込むほど近づきたいなら、カウガールの助けが必要なのだ。

この段階でまだおじけづいていないあなたも、試着室を見たらおどおどし始めるだろう。たぶんあなたのアパートメントより、ぜいたくにしつらえてある。カウチが一つ、あるいは二つ置かれ、装飾用のクッションも必ず用意されている。本物のお金持ちが、「ここでアフタヌーン・パーティを開きたい」と言っても、誰も驚かないだろう。

さらにここでは、マディソン・ワールド・ショッピングの醍醐味が味わえる。そう、お酒が飲めるのだ。ほとんどの店は、シャンパンを提供している。しかも、**法外な料金を取るレストランと違って、マディソン・ワールドのシャンパンはタダだ。**

ここで買い物する勇気をもらうには、ちょっぴりシャンパンが必要だろう。試着室にはたいていカウチに加えて、真ん中あたりに小さな台が設けられ、台の前には大きな三面鏡が置かれている。自分ひとりで見る分にはかまわないけど、スタッフ全員の食い入るような視線に耐えられる？　何しろ着替えていると必ず、ノックの音が聞こえてくるから。

「いかがでしょうか？」とカウガールが案じているのは、もちろん服の状態だ。

そして、厳しい試練はまだまだ続く。家に持ち帰りたい何かを見つけたら、買わなくてはいけないからだ。世の中のほかの場所ではワンタッチですむことなのに、マディソン・ワールドではそうはいかない。何だかよくわからないが、店員がレジ打ちしてクレジットカードを切るのに、最低15分はかかるのだ。その間にどっと疲れて、背もたれのない長椅子(ディヴァン)――いわゆる「失神ソファ」ってやつ――の一つにへなへなと倒れ込んでしまうかもしれない。店員たちは、なぞに時間のかかるこの決済をするために、ディヴァンのそばにある、壁の穴へと消えていく。

そのあとは、請求書の支払いが待っている。これにはいつも戦々恐々だ。マディソン・ワールドで店に足を踏み入れるのは、カジノに足を踏み入れるのに似ている。いくらお金を失うことになるのか、見当もつかない。

でも、きらびやかな宝石箱や本革製品や螺鈿(らでん)細工を施したバックギャモンセットの裏には、醜い秘密が隠されている。マディソン・ワールドのお店はどこも、破綻しかけているのだ。

もう何度も何度も耳にしてきた。通りで休憩を取る店員からバー・イタリアのバーテンダーに至るまで、ありとあらゆる人たちから。

それでも、まんざら悪いニュースではないのかも。店が破綻しそうなら、必ずバーゲンをするはずだから。それって、ビジネスの第一法則じゃない？　何かが売れないのは、たぶん高すぎるからだ。

ということで、まずはラルフローレンに行くことにした。**ラルフでは、たいてい何かセールをやっている。**1年前、私は一ついい買い物をした。革のライダースジャケットを8割引きで買ったのだ。どこにでも着ていくから、店に入ったこの日もたまたま身に着けていた。

現実世界では、24時間単位で新しい惨事のニュースが入ってくるものだけど、この店に一歩入ると、悪いことなど起こらない、別の時代に足を踏み入れた気分になる。かすかにキャンディの香りがして、素敵な曲が流れている。聞き覚えのあるにぎやかな音楽に、若返った気持ちになる。自分の未来が、手つかずで目の前に広がっているみたい。卵の中で、これから生まれるのを待つ気分、とでも言うのだろうか。

その気分は、長続きしなかった。

瞬く間に、わっと店員に囲まれたから。レザージャケットに気づかれたのだ。

「それ、昨シーズンのジャケットですよね。私もすごく気に入ってたんですよ」

「今シーズンのはもう、ご覧になりました？」

「えっと……いいえ。でも、何枚もいるのかな？」と言いつつ、失礼にならないよう、スタッズ付きのジャケットを見つめる。ラックから調達されたそれは、生まれたての赤ちゃんみたいに、私の前に掲げられている。ちらっと値札に目をやると、5000ドル。追いかけられるはずだ。どうしたらわかってもらえるだろう？　私には5000ドルのジャケットを買う余裕はないし、今着ているのは8割引きだったんだ、って。

脱出できないかと入り口に目を向けたけど、店員たちが道をふさいでいる。「どの店も破綻寸前だ」というみんなの言葉は本当に違いない。店員たちも必死なのだ。

問題は、どれくらい必死なのかということ。私が「ニセの」お客さまだとバレたら、何をされるのだろう？　SF映画『ボディ・スナッチャー／恐怖の街』のワンシーンが、ふと頭をかすめる。

2階に逃げようとしたけれど、2人の店員が追ってくる。

「何かご覧になりたいものがおありですか？」

私の目は即座に、部屋で一番ピカピカ、キラキラ光っている服――チュールでできた巨大なパーティドレス――に引き寄せられた。大急ぎでそちらへ向かう。大きくふくらんだスカートの後ろに、身を隠せないだろうか？

ダメだ。

「何かお探しですか？」と店員の女性に声をかけられた。

「値段が知りたかっただけ」と小声でつぶやく。

「何とおっしゃいました？」

「おいくらなの？」

店員はドレスに近づいて、さっと値札をひっくり返した。

私は息を潜め、パパッと計算した。20年前、あのドレスはたぶん3500ドルくらいだったろう。インフレを考慮すれば、今は5000ドルくらい。でもそこに、「金持ち税」がプラスされる。

「金持ち税」というのは、そもそも金持ちだから払わされる代償だ。金持ちについて、ほとんどの人が知らないことが一つある。それは金持ちが、ほかの金持ちに法外な値段を吹っかけることを何より好む、ということ。だから、富裕層の富がふくらめばふくらむほど、リッチー・リッチ・クラブの会員だと証明するために買わなくてはならないあらゆるもの——ヨット、ハンプトンズの家、服——の値段も、どんどん上がっていく。

というわけで、金持ち税も考慮して、ドレスはおそらく8000ドルくらいだろう。

ブッブー。「2万ドルです」と店員の女性は言った。

思わず息をのんだ。ということは、金持ち税は1万2000ドル。つまり、大金持ち中の大金持ちでないと、このドレスには手が届かない。0・001パーセントの富裕層でないと。

「2万ドル」と、私はため息をついた。「小型車が買えるじゃない。そんなの、一体誰が買えるの？」

店員はささっとあたりを見回して、誰も聞いていないのを確かめた。「誰が買えるか、知ったら驚きますよ」

「誰？」

「言えません」と小声で言う。「ご試着されませんか？」

私はかぶりを振った。

「やめとく。だって、絶対に買えないもの。それに、着る機会もない」

「あら、わかりませんよ（ユー・ネヴァー・ノウ）」と店員は言った。

ほーら、出た。死ぬまで望みを捨てずにいられる呪文（マントラ）が。このドレスを買って、家に持って帰りなさい。たぶん今度こそ、魔法が効くから。たぶん今度こそ、このドレスが人生を変えてくれる、ってね。

美容という名の落とし穴

とてつもない値段でドレスが買える人々がいる一方で、私はと言えば、これと言ったアイデンティティもなく、都会でよく見かける、ありふれた存在になっていた。そう、荷物を担いで歩く「ポーター」である。

私はポーターになって久しいが、ポーターになった頃のことはよく覚えている。ただし、あまり麗しい思い出ではない。どこへ行くのも荷物と一緒。仕事や靴や人生が、大きな麻袋くらいある手提げバッグと、くたびれたデパートの紙袋と、スーパーのレジ袋の中にぎっしり詰まっている。荷物の重みにちょっぴり猫背になりながら、泥まみれの雪や、いかにも身体に悪そうなゴミや、ベビーカーや自転車便を避けて、エスカレーターや擦り切れて危険なほどつるつるになった地下鉄の階段を上り下りする。重くかさばる荷物を、仕事場からバーへ、クラブへ、クラブのトイレへと運び、最後はまたちっぽけなワンルーム・アパートメントに持ち帰る。腰も足も痛むけれど、荷物を担ぎ続けてきた。いつか奇跡が起こって、もう運ばなくてもいい日が来るのを、夢に見ながら。

私はポーターしながら、マディソン・ワールドをまっすぐ通り抜けることが多いから、ある店の前の階段にたむろしている、ロシア人っぽい若者グループとよくすれ違う。彼らはとても魅力的で、「ほかのみんなよりイケてる」と自覚している若者ならではの、浮ついた空気をまとっている。音楽をかけている日もあるが、たいてい笑い声を上げて、通行人にちょっかいを出している。あるときなど、無防備な女性を角まで追いかけていって、「その悲しげな目を何とかしましょうか？」とからかっていた。

時々、そこを仕切っているらしい年配でムキムキの男性が出てきて、「ちゃんと仕事をしろ」と怒鳴っている。仕事というのは、フェイスクリームの無料サンプルを配ること。いらないってば。

私は、サンプルをもらうのが嫌いだ。知らない人と会話しなくちゃいけないのも。だから、何とかロシア人につかまらずに歩いていた。ある日、女の子の1人がこう叫ぶまでは。

「ねえ、あなたのスタイルが好き！」

その言葉に、うっかり足を止めてしまった。

何だかんだ言って、この若者たちほどファッションをわかっている人なんている？　日がな一日外に立って、マディソン・ワールドの巨大なランウェイを行き来するファッショナブルな人たちを観察しているのだ。

これがきっかけで、このロシア人たちとあいさつくらいは交わすようになった。気分のいい日は、そばを通って袋入りのフェイスクリームをもらい、犬たちの話をする。気分が乗らない日は、さっと反対側に渡る。そういえば、ほかの女性たちが店内に誘われるのを見たことはあるが、私は一度も誘われていない。きっと、このフェイスクリームにふさわしくない、と思われているのだろう。

とうとうその日がやってきたのは、とことんへこんでいたときだ。へこみすぎて道の反対側に渡る気力もなかった。中年期ならではの恐怖のフレーズ――「ここから人生ずっと下り坂！」――がドラムビートのように絶え間なく、頭の中をこだましていた。「もう二度といいことなんて起こらない」「トシのせいで、人生のわくわくも喜びも、すべて奪われるのよ」「最後は役立たずな私が1人、ぽつんと取り残される」。そう思えて仕方なかった。

あの日、彼らにつかまった日は、荷物もずっしり重かった。

「すごく忙しそうね」と声をかけてきたのは、以前「スタイルが好き」とほめてくれた子だ。ここを通るとき、彼女とはよく気のきいたジョークを交わす。この子は一番気さくで、実はロシア人ではなくギリシャ人だ。

私は一瞬黙り込んだ。そしてどういうわけか、説明したくなった。「ええ、たしかに忙しいけど、とくに大事なことはなんにもしていないのよ」と。

「リラックスすべきよ」とほかの子が言った。

その通りだ。私は本当に、リラックスする必要がある。「たばこ吸う？」と聞いてきたのは、一番偉そうにしているスリムな男性だ。おそらく、モデルみたいなルックスを鼻にかけているのだろう。彼がすっと、外国のたばこの箱を差し出した。

ここでたばこを勧められたのは、初めてだった。断るのも失礼な気がして、一服させてもらった。私と友達になりたいのかな、なんて思いながら。

「ねえ！」とギリシャ人の子が言った。「アナタ忙しく働いてるから、ワタシ、特別にオモテナシしたげる」

「ほんと？」

「目の下のたるみ、トリタイ思わない？」

思うに決まってるじゃない。

彼女は、モデルみたいな男性をちらっと見た。まるで私を入れてあげるのに、彼の許可がいるみたいに。まるで彼が、秘密のフェイスクリーム・クラブの事実上の用心棒みたいに。

彼は私を上から下までじろじろ眺め回し、見込みのないやつだとばかりにキュッと片眉を上げたけれど、最後にうなずいた。合格だ！

店内は、期待を裏切らないつくりだった。白くてピカピカで、しゃれたブロードウェイの舞台セットのようだ。ゴールドをあしらった大理石の階段は、本物の小さな舞台へといざなってくれそうだったけれど、レジのある部屋に案内された。

しまった、と思った。この場所は高くつくはずだ。私の財布ではとうてい太刀打ちできないくらいに。「ごめんなさい、無理よ」

「何言ってるの。5分で終わるから」

私は尻込みした。マディソン・ワールドの「5分」は、ほかの場所でいう15分か20分だ。

「5分もないの？」と彼女が言う。うそでしょ、と言わんばかりに。「5分で、彼氏のためにキレイなれるのよ？」

私は笑った。「彼氏なんかいないわ」

「この治療受けたら、たぶんできる」

彼女は私を、鏡の前の椅子にぐいと押し込んだ。そして私のメガネを外すと、ウサギにするみたいに、顔を手のひらで軽くパッティングし始めた。それから、「美人ね」と言う。

「どうしてこんなに美人なの？」

これは、答えようのない質問だ。もちろんすぐ、「この椅子に座った女性、みんなに言ってるんでしょ」と思った。彼女は引き出しからバカでかい注射器を取り出すと、どろりとしたベージュのクリームを押し出し、私の左目の上まぶたと下まぶたの周りにパタパタとたたき込んだ。

結果は、よくある子どもだましなマジックみたいなもの。そう、小さな恐竜が水の中で

10倍にふくらんで……と言いたいところだけど、まるで逆だった。

たるみもしわも消えたのだ。目の周りの肌が、奇跡のようにすべすべになった。

わっと気分が盛り上がった。こんなに簡単にたるみを消せるなら、しわも残らず消せるはず。若返った顔、イキイキとした人生。たぶん、まだおしまいなんかじゃない。**たぶんもう一度、恋愛のあの大きな波に乗れる……**。

ロシア人の若者の声が、空想の中に割り込んできた。「スペシャルメニュー、あるの知ってる？　商品400ドルで買うと、無料フェイシャル受けられるよ」と、あのモデルみたいな男性が言う。

「フェイシャル？　顔全体にってこと？」

私は、目の周りの肌をじっと見つめた。顔全体にこれほどよく効く何かがあるなら、絶対に試してみたい。

そういうわけで、私はこの奇跡のたるみ取りクリームを400ドルで買い、翌日の3時にフェイシャルの予約を入れた。「アナタ、ラッキーですよ」と、年配の男性が言う。「明日、クリスタルいるから。クリスタル、アナタの治療担当します」

「クリスタルってどなた？」と私。

「お肌に奇跡、起こせる人です」

「彼女は女神だよ」と、モデルっぽい男性もうなずいた。

「若さを生み出すマザー・テレサだ」

2人は延々と、このクリスタルというなぞのロシア人をほめ倒した。

「とにかく言えるのは、彼女がヤレ言うことは、ヤタほうがイイことです！」と、年配の男性が叫んだ。

うわっ……何というところへ足を踏み入れてしまったのだろう？

「20歳は若返らせてみせる」

それがどんなものであれ、翌朝目覚めたときには決心していた。行くのはやめよう。ところが、どうやらロシア人たちもそんな気がしたらしく、9時きっかりに店の女の子から電話が入った。予約の確認だ。彼女は言った。「アナタほんとにラッキー。クリスタルが会ってくれて、人生変えてくれるなんて」

キャンセルするのは気が引けた。

治療はきっとハイテクを使った、やや医学的なものなのだろうと予想していたが、案内されたのは、ライトで照らされた別のメイクアップ・カウンターだった。そこで、回転スツールに座らされた。私がよほど疑わしげな顔をしていたのか、スタッフが入れ替わり立ち代わり、クリスタルの素晴らしさをほめたたえに来る。「彼女、お肌の天才よ！」。年配の男性が言った。「クリスタル、たまたまニューヨークいるなんて、アナタとっても、とってもラッキー。彼女めったにニューヨークいないから」

「じゃあ、どこにいるの？」

「世界中旅してるんです。カリフォルニア、スイス、パリ」

「それからロシア、でしょ？」と私。

彼がけげんな顔でこちらを見た。

ようやく1人にしてくれたから、スマホを見ようとメガネを外した。するとすぐに、こちらからよく見える短い廊下をのんびり歩いてくるクリスタルが見えた。

クリスタルはとても、とても魅力的だった。しわ一つない白いシャツに、黒の細身のスカートと黒のパンプスをはいている。髪はホワイトブロンドで、目はライトブルーの虹彩を濃いブルーが囲んでいる。大きく開いたシャツの襟からはバストがのぞき、アイパッドを抱えている。なぜかドラッグストアで買えそうなノートと一緒に。彼女の周りにはピリッとした空気が漂い、強い意志がにじみ出ていた。まるで役を演じているみたいに。

それから、あごに一つ、ニキビができている。私の肌をそばで見ようと、身体を寄せてきたときに見えたのだ。

ニキビを見ると不安になった。自社の商品を使っていないの？　ここの若者たちの誰も、商品を使っていないのだろうか？　私と同じで、おそらく買えないのだろう。どの子の肌も、あまりきれいじゃない。

もちろん、私のもだけど。

クリスタルは一歩下がって、私に厳しい視線を向けた。「アナタは、どういう人？」

「はい？」

「アナタ、真実受け止められる人？」

「そう思うけど」

「友達みんな、アナタをきれいと言うでしょ？　これは真実？」

「まあ、みんな友達だから……」

「でも、ワタシあなたの友達じゃない。今はまだ」。そう言って、クリスタルはため息をついた。「正直言わせてね。アナタのお肌、汚い」

一瞬グサッときた。友達のウソつき。クリスタルの言う通りよ。私もため息をついた。

「だからここに来たのよ。もっときれいになりたいから」

クリスタルは、トントンと私の顔をたたいた。「ほっぺ、少しフィラー入れすぎね」

皮膚科の先生はみんなそう言って、ほんの少しだけフィラーを注入する。

「それに、酒さ（しゅさ）［赤ら顔になる皮膚の症状］！」

ええ、それも知ってる。ここまでのところ、何ら新しい発見はない。

でも、いいニュースもあった。「ワタシ言うこと、全部やってくれたら、お顔治してあげます。お肌、完璧になる。20歳は若返らせてみせる」

20歳？　さすがにそれは科学的にあり得ない気がした。でも、私だってまだあきらめたくはない。

「それに、もう二度とボトックスやフィラーを使う必要、なくなります」と彼女は言い足した。

これは衝撃だった。ボトックスとフィラーは、若見えを支える2本柱だから。でも、ボトックス並みに効くフェイスクリームが本当にあるなら、さすがの私も耳にしたことくらいはあるはずだ。

いや、「あった」と気がついた。

そういえば、クウィーニーから聞かされていた。アッパー・イースト・サイドの女性たちに山ほど商品を買わせて何千ドルも払わせ、「もうボトックスやフィラーは必要ありません」と言う人たちがいると。

「どこのバカがそんなこと信じるの？」と、たしか私は聞いた。

その答えが今、見つかりそうだ。

私はためらって、何とか失礼にならずに脱出できる方法はないかと考えた。ところがその瞬間、ギリシャ人の女の子がさっと私の肩にケープをかけ、首にタオルを巻きつけてラップで覆った。スツールがくるりと回って、目の前に鏡が現れた。

ケープをかけられ、タオルを巻かれ、メガネを外された私は、まな板の鯉だ。目をカッと大きく見開いて、次は何が来るのかと身構えた。

よくある手口に乗せられて

「では、治療始めます」とクリスタルが言った。彼女はすばやく動いて、私の顔の半分を粘土みたいなネバネバで覆った。

「ところで」と、一拍置いてから私は言った。「片側に、どれくらい時間がかかるの？」

彼女は肩をすくめた。「20分？　25分？」。心がどっと重くなった。つまり、最低1時間はここにいなくてはならない。

考えただけで、苦しくなった。美容や美顔のたぐいがあまり好きではないのは、ずっと座っている忍耐力がないからだ。あと50分も、一体何をしてろって言うの？

答えはすぐに見つかった。

クリスタルはメモ帳と鉛筆を手に取ると、スツールを私のほうへ滑らせた。一瞬思った。話がしたいだけならいいけど……。案の定、彼女はお金について、厄介な質問を始めた。

「ボトックスとフィラー、年間いくらつぎ込んでる？」

「2000ドル?」と私。

クリスタルが、哀れむように私を見る。「ほとんどの女性、1万2000ドルよ」。メモ帳に何か書き込んだけれど、当然、私からは見えない。

「お肌の毎日のお手入れ、いくらかけてる?」

「毎日のお手入れ?」

「クレンジングとか化粧水とか。顔のお手入れに使うもの。月に1000ドル?」

まさか。

クリスタルはうなずいて、夢中で計算を始めた。「さて、これがアナタ1年間に、お顔に使ってる金額。そしてこれが――」と言って、別の数字を指さした。「2年間に使ってる金額」

「メガネをちょうだい」と頼んでネバネバの上にかけるのはイヤだから、こういう状況でいつもしていることをした。そう、見えているふり。

それに、クリスタルのボディランゲージでわかる。どう考えてもここは、驚きや怒りを表明すべきだろう。私はルールに従った。

すると、これ見よがしに、クリスタルは数字にさっと斜線を引いて、新しいページを開いた。「2年間にさっきの半分の金額で、ボトックスもフィラーもなし、スキンクリーム買い足す必要もなしで、お肌今よりきれいになる言ったら、何て言う? 2年間にさっきの半分以下の金額で、お肌20歳若返る言ったら？　いや、それ以上してあげられる、言ったら、アナタ何て言うかしら？　それに、いくら払える？」

「わからない」

彼女はささっと数字を書くと、学校ごっこの先生みたいに丸で囲んだ。何だか胃がムカムカしてきた。冗談抜きで、ついていけない。

でも、何でこんなことになってるの？　私は自分の人生も財布もかじ取りできる、大人の女性だ。で、このいまいましいフェイスクリームは、結局いくらなの？

クリスタルは、私の習慣について厳しい追及を始めた。「アナタ自分を律してる？」「毎日のお手入れの仕方、わかってる？」

「毎日のお手入れ？」

「つまり、今決まったやり方ナイってことね。やるべきこと与えられたら、やれる？」

たぶん、いや絶対にやらない。私が無精すぎるのだろうが、とにかく頭の中は「お願いだから、これ以上仕事を増やさないで。お願いだからもう何かをやれって言わないで」。

それ一色だった。

「やってみてもいいかも」と、あいまいに返事をした。

「月1でこのフェイシャル、やらなくちゃいけないから」

「何のフェイシャル？」。わけがわからない。

「やり方教えます。じゃあ今から、活性化クリーム、使います。ちょっぴり熱くなりますよ」

クリスタルは、ネバネバの上に透明のジェルを擦り込んだ。すぐに顔が熱くなってきた。

「これ、本当に効くの？」

彼女が私を見た。「もちろん効きます」

そう言って、「証拠」を見せ始めた。彼女がリンクをクリックすると、アイパッドにビフォー・アフターの写真が現れた。

「ほんとは見せちゃいけないんだけどね」と、こっそりあたりをうかがいながら言う。

「アナタ、お見せするわ」

まあ、みんなにそう言っているんだろうけど。そもそも商品が効いているなら、ビフォー・アフターの写真なんか、見せなくてよくない？

クリスタルによると、写真の人たちはシベリアの小さな村の住民で、スキンクリームを使ったことが一度もなかったそうだ。「もちろん、ワタシたち、お金を払ったのよ」と、肩をすくめる。

私はほとんど聞いていなかった。しわだらけのリンゴみたいな丸顔の女性たちが、すべすべ肌の美魔女に変わる写真に、目を奪われていたから。

いや、結果はそこまで劇的ではなかった。まあ、それなりに劇的ではあったけど。スキンクリームが私にはどの程度効くのか、考えずにいられなくなる程度には。

買わなくちゃ。

「いくらなの？」

私は、そろそろ値段の話をしよう、と心の準備を整えたけど、クリスタルは違っていた。

やぶから棒に、神さまの話を始めた。

「今朝目が覚めて、神に祈ったらね、神、祈りに応えてくださったの」

「ほんとに？」。一瞬、面食らった。私がマディソン・ワールドでフェイスクリームを売りたいなら、セールストークに神さまの話を持ち出すだろうか？

「アナタ何か理由あって、ここ送り込まれたと思うのよ」とクリスタル。

わかってる。今なぞのネバネバを顔にくっつけて椅子に座っているなら、何か理由があって送り込まれたに違いない。しかも、理由は明白だ。どうにかして、お金を搾り取るため。強引に取ることも、友好的に取ることもできるけど、いずれにしても、財布を開けて数千ドルを抜き取らせるまで椅子から解放されないし、家にも帰れないし、また戻ってくることもできない。

私はもう一度聞いた。「いくらなの？」

またしてもクリスタルは、2年間で半額だのトータルで3分の2だのと御託を並べて、けむに巻こうとしている。「それはもういいから、最終的にいくらになるのか教えて。今すぐに」と私は言った。頑として数字を言わない様子に、改めて、大いにイヤな予感がする。数字をはっきり言わないのは、たいていよくないサインだ。車のセールスマンがよくやるように。

口で言う代わりに、クリスタルは何かを書いて丸で囲み、私が読めるようにメモ帳をくるりとこちらに向けた。このときばかりは、どんなに年寄りに見えてもかまわなかった。ぐっと顔を近づけて、目を細め、メモ帳に書かれた数字を見た。

ピンぼけだったけれど、1と5と0が3つ見える。

最初は、のみ込めなかった。15000？　1万5000？　1万5000ドル？

フェイスクリームに1万5000ドルってこと？

心臓がドキドキしだした。フェイスクリームが高いことは覚悟していたが、まさか1万5000ドルだなんて！　一瞬、別世界へ放り込まれた気がした。

私はめいっぱいわかりやすく、クリスタルに説明しようとした。

「申し訳ないけど、フェイスクリームに1万5000ドルもつぎ込む余裕はないの」

「でも、実際には年間7500ドルよ」

「申し訳ないけど、年間7500ドルもフェイスクリームにつぎ込む余裕はないの」

「でも、アナタの顔なのよ！」とクリスタルは叫んだ。まるで私が、女性の究極の目標を足蹴（あしげ）にしているみたいに。「顔は、アナタ世の中に提示してるものよ。人生への、アナタのパスポートなのよ！」

「パスポート」という言葉に、半年前に撮った最新のパスポートの写真が頭に浮かんだ。あれは、ゾッとするほどひどい顔だった。

それでも私の決意は固い。ひどいパスポートの写真に負けないくらい。

ハァッと深いため息をついた。「とにかく無理」

雲行きが怪しいと察知して、年配のロシア人男性がゆっくり歩み寄ってきた。

「どうしました？」。私からクリスタルへと、とがめるように視線を移す。まるで私たち2人が、教室でトラブルでも起こしているみたいに。シナリオに従わない私を、クリスタルが引き戻さなくてはいけないみたいに。

「いいえ」。クリスタルをちらっと見て、私は言った。「何の問題もありません」

「クリスタル、アナタの人生変えてくれます。今にわかる。彼女ヤレ言うこと、すべてヤタほうがいい」と彼は言った。そして、さっと人差し指を振った。

すると、クリスタルが言った。「マスクはがすときが来ました」

言うは易し、行うは難しだ。ネバネバをはがすのに、うんざりするほど時間がかかった。店にいる全員が、結果を見ようと周りに集まっている。もちろん、大した変化はなかった。

でも、この時点では、もうどうでもよくなっていた。

ヒール4足分の代償

ネバネバをはがしたとき、これが逃げ出す最後のチャンスだと思った。もう片側にネバネバを塗られたら、あと30分、ここに足止めされる。そうなったら30分にわたって、「ニェット」とロシア語で断り続けなくてはならない。ネバネバまみれの顔で、通りに駆け出すわけにもいかない。

むこうも、それは承知している。

だから、私のどんな言い訳も、ロシア人たちがことごとくかわしてくる。「顔の半分だけ見違えるようにきれいになって、帰るわけにはいかないでしょ?」と。

「ワタシ、アナタに好意持ってるの」とクリスタルが言った。「本気で思ってる。アナタ、何か理由があってここに送り込まれた、って。ワタシ、決心する。アナタのこと助けたいの」

「でも――」

「アナタ、お友達多いでしょ?」

「ええ、たぶん」

「ねえ、聞いて。ワタシと取引しましょ」

何とか窮地を抜け出そうと、私はその提案に飛びついた。フェイスクリームを買う余裕はなくても買える友達はいるでしょ、という意味だよね？

「ええ、友達ならたくさんいる」と私は言った。「だから、信じて。みんな、このスキンクリームを買いたがると思うの。ここを出たらすぐ、みんなに宣伝するから」

でも、クリスタルはなぜか乗ってこない。「商品、友達に伝えるのイイけど、私が指示出すまではダメ」

「どういうこと？」

「誰にも言わないでほしいの。クリームのこと、秘密しなくちゃダメ。友達、アナタのお肌に何か言ってくるまで、黙って待つの。『ねえ、とってもきれいね。お肌透き通るようにきれい』って言われるまで。そう言われて初めて、秘密明かすのよ」

「フェイスブックのクチコミみたいなもの？」

「だいたい3〜4ヵ月でそうなる」。クリスタルはスツールをさらに近づけてきた。「本当のこと教えて。本当にお金が理由？」

「えっと……」

「ハンドバッグ、どれくらいお金をかけてる？」

「わからない」。心底イヤな気分だ。

「じゃあ、靴は？　もし靴10足分の値段で、この商品、2年分提供する言ったら？」

「いらない」

「顔より足にお金かけてるの？　いつまでそんな生き方するつもり？」

「わからない」

「じゃあ、靴8足分の値段だったら？」

「いい加減にして！」と私は大声を出した。

「なら、いくらなら払える？」とクリスタルは問いただした。

何と言えばいいの？　ゼロ？　びた一文払えない、と言えばいいのだろうか？　あたりを見回すと、店内にいる全員が、私たちをじっと見ている。

「2足半かな」

「それじゃあ足りない。だったら……」そう言ってクリスタルは、メモ帳に別の数字を書いた。そしてくるっと回すと、私の顔に近づけた。

「これでいい？」と尋ねる。

私は数字を見て、あきらめた。

「いいわ」と私。「それでいい」

要は成分でしょ？

ショック状態で店を後にしたとき、財布は4000ドル分軽くなり、重いバッグはさらに9キロほど重くなっていた。いろんな色の箱に入った商品が、詰め込まれていたから。箱の中身はマスク、アンプル、クリーム、化粧水、クレンジング、それにスクラブ。どの箱にも、商品のピンボケ写真付きのトリセツが入っていて、使う順序が書かれている。

「つまり、つかまったわけね」。週末にヴィレッジに戻ると、クウィーニーが言った。

「そう、つかまったの」

「いくら？」

「う〜ん」と私は言葉を濁した。本当のことが言えると思う？　ダメ。自分自身にさえ言えない。消化できていないのだ。

「たぶん、2、3000ドル？」。思わずウソをついた。

自分でも、説明がつかない。もしかして、クリスタルに何か催眠術をかけられて、あんな大金を払わされたのだろうか？　あるいは単に、彼女の気持ちを傷つけたり怒らせたりするのが怖かっただけ？

本当は、自分でも認めたくない別の理由があった。私は本当に、あのフェイスクリームがほしかったのだ。というより、本当にフェイスクリームに効いてほしかった。納得できる何かが必要だったのだ。あれを完全な、まったくの時間の無駄にはしたくなかった。

商品は、使いづらかった。お手入れには、ポタポタ水分がしたたるマスクを顔に当てる、横になってぬるぬるしたパッドを目の上に乗せる、なんてことも含まれている。つまり、肌のお手入れの時間を、日々の予定に組み込まなくてはいけない。

これで、フェイスクリームの効果が出ず、クリスタルが言った通りのことも起こらなかったら、さすがに腹が立つだろう。

最初の6週間は、誰も気づかなかった。でもその後、皮膚科に行くと、先生が大声で言った。「酒さがよくなってる！」。3ヵ月後には、うちのハウスキーパーが「前よりずっと若く見えるし、ずっと幸せそう」と言うようになった。4ヵ月後に昔の友人たちにばったり会うと、みんなが言った。「すごく若いから、あなただと気づかなかった」

もちろん、効果は永遠にはもたない、とわかっていた。問題は、クリームがなくなったらどうするのか？　ということ。

その日は、思ったより早く訪れた。ちょうどお肌のツヤがピークを迎えた頃、三つの商品が同時になくなった。というわけで私は、分別のある人ならすることをした。**ネットで成分を検索し、同じ効果を謳っているずっと安い商品を見つけたのだ。**

そしてもう、そのことは考えなかった。長い冬がようやく終わり、だんだん暖かくなって、マディソン・ワールドの住人たちがまたぞろぞろ太陽の下に出てくる頃まで。

その頃にはまた、あの店の大きなガラス窓の向こうで、宝石がキラキラ輝き始め、マネキンも空想の世界でしか着られない服をまとい始めた。

でも、何一つ変わっていないわけではなかった。通りには、薄暗い場所が増えている。空っぽになった店舗の窓が、茶色の厚紙で覆われている。だから、あの店の前の階段にまだロシア人たちがたむろしていて、通行人に絡んでいるのを見ると、不思議とホッとした。みんな、私の顔を覚えているのだろうか？


「ねえ！」。あのギリシャ人の子が叫んだ。「あなたのスタイルがすごく好き」

私は立ち止まった。これって、デジャブ？

そして、イラッときた。「冗談でしょ？　覚えてないの？　半年前に来て、まんまとあのフェイスクリームを買わされたのよ」

「あなたがうちのお客さま？」。女の子は、まさかと言わんばかりに私を見た。私はこの店にふさわしくない、ということ？　それとも、お客さまにしては、しわが多すぎる？　それから、「ああそうか」と腑に落ちた。たぶん、私がそこまでおバカさんだなんて信じられないのだ。

「はい」と彼女は言い、フェイスクリームのサンプルを、両手に押しつけてきた。

だから、もらっておいた。

第6章

ミドルエイジ・マッドネス

何かが起こっている。

私はそれを「中年の狂気（ミドルエイジ・マッドネス）」と呼んでいる。

中年の狂気（ミドルエイジ・マッドネス）VS中年の危機（ミッドライフ・クライシス）

「ミドルエイジ・マッドネス」は一見、かつて「中年の危機（ミッドライフ・クライシス）」と呼ばれていたものに似ている。

その昔、この危機はおおむね男性に、おおむね彼らが40歳を迎える頃に起こっていた。これは通過儀礼で、社会の抑圧に対する不満の表れだとされていた。彼らの足かせは、家族への責任や、「男」であること、あるいは、当時ほとんどの男性が働いていた会社だった。男性の「ミッドライフ・クライシス」が騒がれていた頃、男たちはバイクを買ったり、

『プレイボーイ』を読み始めたり、不倫に走ったりしていた。そんな中年の危機が離婚につながることもあったけど、そうなるとは限らなかった。それは人生のある「段階」だと考えられていたから。**男が通過する何かなのだ、と。**

一方、女性たちには、ミッドライフ・クライシスを経験することが許されなかった。だから代わりに、精神的におかしくなった。今で言うところの「診断されていないウツ」というやつだ。つまり、**ミッドライフ・クライシスを迎えた男たちがそこらじゅうを走り回っていたのに対し、女たちはベッドに入って、頭まですっぽり布団にくるまっていた。**

今日では、ミッドライフ・クライシスを40そこそこで迎えるなんて、おかしな話に聞こえる。そもそも多くの人が、40を迎えるまでにパートナーを見つけたり、子どもを持ったりしていない。彼らは40歳になってようやく成長し始め、大人らしくふるまうようになる。そして、大都市の郊外に家を買い、子育て中心のライフスタイルを送り始める。すべてはわが子と、(わが子がいや応なく引き寄せるから、「友達」と呼ばざるを得ない)子どもの周りにいる大人たちを中心に回り始める。

今日の子育て中心のライフスタイルは、多忙で重労働で悩みに満ちていて、精神的・感情的なエネルギーを食い尽くしてしまうから、実はミッドライフ・クライシスの抑止力として働いている。みんなとにかく時間がなくて、人生の意味を考えたり「私はなぜここにいるんだろう?」なんて重大な問いかけをしている場合ではないのだ。

ただし、子育て中心のライフスタイルがミッドライフ・クライシスを押しのけてくれるからといって、消してくれるわけではない。ただ先延ばしにするだけ。しかもたいてい、ミッドライフ・クライシスがとんでもなく厄介に思える時期まで。なぜなら、**その時期には、ほかにも人生を変えるような重大な出来事――離婚、死、引っ越し、更年期、子どもの巣立ち、失業など――が同時に起こってくるから。**

かつては、そうではなかった。昔は50いくつと言えば、そろそろリタイアし始める年だった。仕事を減らしてペースを落とし、趣味の時間を増やしたり、同じようにのんびりしだした仲間たちとくつろいだりしていた。手短に言えば、定年が近づいた人たちは、年を取って、ちょっぴり太って、医者やトイレに行く回数が増えること以外、とくに何もしなくてよかった。エクササイズしたり、新しいベンチャービジネスを立ち上げたり、別の州に引っ越したり、見知らぬ誰かとゆきずりのセックスをしたり、逮捕されたり、また一からやり直したり――そんなこと、しなくてよかったのだ。資産が10分の1に減って、社会的にも経済的にも、30〜40代の頃に必死ではい出そうとしていた状況に逆戻りでもしない限り。

ところが、**今まさに、50〜60代の多くの女性が、そんな目に遭っているらしいのだ。**

女が人生を立て直すには？

たとえば、エス。いろいろな意味でエスの話は、女性の「ミドルエイジ・マッドネス」の典型的な事例だ。ただし彼女の話は、恵まれた1パーセントの富裕層の世界で起こっているところが、ほかのみんなと違う。つまり、理屈の上では、衣食住には困っていない。エスは貞淑な女性のかがみではないし、本人もそれを目指してはいない。でも、ある種の女性を体現している。つまり、**社会が女性に「すべきだ」と言うことをし、社会が女性に「ほしがるべきだ」と言うものをほしがり、それについて深く考えないのが一番だ、と知っている。**

エスは、ニューイングランド南部の新興住宅地に建つ、大きな平屋で育った。そこはみんなが同じくらいの収入で、同じようなライフスタイルを楽しみ、同じアウトレット店やカタログで選んだ服を同じように着ている地域だ。

エスには兄が2人、妹が1人いる。エスと兄のジミーは、ルックスに恵まれた。母そっくりの妹は、頭のいい子と言われていた。エスはお父さんっ子だった。当時の多くの男性がそうだったように、エスの父親も今で言うところのアルコール依存症だったけれど、当時は「**毎日飲む人**」と言われていた。夕方5時に会社から帰ると勢いよく飲み始め、母親が6時にみんなを夕食のテーブルに着かせる頃には、もうジントニックを3杯空けていた。

朗らかに飲む日もあれば、そうではない日もあった。そういう日には、エスは心得ていた。自分が父親を喜ばせ、楽しませれば、きっと機嫌が直って、家族のみんながほんの少し感謝してくれる。彼女はそれを、自分の仕事だとわかっていた。おそらくは一生の。

高校を卒業する頃、エスは自分の手札をチェックした。彼女は背が高くてスリムで、「アスリートっぽい」体形だと言われていた。そう、「貧乳」の遠回しな表現である。エスは常にAカップだったから。

これぱかりは本当に残念だった。貧乳は、「デブ」「毛深い」、さらには「デブで毛深い」を押しのけて、女性の短所のトップに君臨していた。胸が小さいのは異常で、男性への侮辱だとされていたから、兄たちにはしつこくからかわれた。兄たちだけじゃない。高一のときはずっと、ある男子から「胸がない」といじめられ続けた。たびたびバイクで家まで来ては、BB銃（ビービーガン）で撃ってくるのだ。

「いつか殺してやるからな！」と叫びながら。

「彼はあなたのことが好きだけど、表現の仕方がわからないのよ」と母親は言ったけれど、ウソだとわかっていた。あの子は、心底エスを嫌っていた。

だから、鏡で自分の姿を見ているうちに、気がついた。あの子をはじめ、いじめたみんなに復讐（ふくしゅう）する手立てがある。**モデルになればいいのだ。**

そして、エスは成功した。ほかのモデルたちは、カメラの前にいないときは、お金やドラッグやロックンロールに夢中だったけれど、エスはしっかり自分を支えた。ほかの女の子たちと違って、そんなライフスタイルが一生続くなんて思っていなかったから。エスはただ、子どもの頃に過ごしたような、愛情深くて、はちゃめちゃな家庭がほしかっただけだ。

25歳のとき、エスは愛する人と結婚した。彼はアイルランド出身のハンサムな元サッカー選手で、商業不動産の仕事をしていた。これは幸先のいい組み合わせに見えた。エスは社交的でエネルギッシュ。知らない人同士の壁を取っ払うすべを心得ていて、その場で一番力のある男性から、親密な話を引き出せるタイプだ。すべてをまとめ、丸くおさめ、誰にも危害を加えない。問題が解決するよう、進んで手を差し伸べてくれる女性だ。一方、夫のほうも、スポーツマンだけに、2人で主催した独立記念日のバーベキューでは、エスの親戚全員に好印象を与えた。

結婚生活は5年ほどは順調だったが、その後、現実がどっと押し寄せてきた。

エスには男の子が2人いた。一家でニューヨークを離れると、夫は人脈を失って前ほど稼げなくなった。だから、エスも働こうとしたけれど、モデル以外の仕事をしたことはないし、モデル体形には戻れそうもなかった。そんな状況が何年か続くうち、40代前半になった夫はミッドライフ・クライシスに陥って、家から逃げ出してしまった。

夫は結局一文無しになったから、離婚は簡単だったけれど、分けてもらえる財産もなかった。

ほかに行くところもなくて、エスは実家に、自分が育った平屋に戻った。ただし今回は、兄たちの寝室に寝ているのは息子たちだし、自分は自分で、子ども時代に使っていたフリルのついたピンクのベッドに舞い戻ってしまっている。

両親は、孫たちを愛してくれた。でも2人とも70代で、当時の典型的な隠居生活を満喫していた。毎日何時間もゴルフを楽しみ、週末にはリゾート施設「モヒガン・サン」へセリーヌ・ディオンを見に出かける。だから、離婚した42歳の娘と2人の孫たちと同居するなんて、両親が思い描いた生活ではなかった。

これがフィクションなら、そろそろエスは「変わろう」と決意するはずだ。人生に翻弄されるのではなく、自分で物語が書けるよう行動を起こすのだ。まずは、自分自身ともうすぐ思春期を迎える2人の息子のために、住む場所を探すだろう。小さいけれど、きれいで、手を加えてもかまわない住まいを。エスが壁を塗り始めると、魔法のように息子たちも手伝ってくれて、互いにペンキをかけ合って大声で笑い合う頃には、人生が好転し始めたのがわかる。エスはパン屋で仕事を見つけ、実はケーキのデコレーションに才能があったことに気づく。ここまできたら、もう大丈夫だ。女性たちが語り合う物語においては、女性は必ず特別なスキルや、思いがけない「才能」を持っている。それを活かしてお金を稼ぎ、自分と子どもの生活を支え、プライドを守ることができる。

ところが、**現実の人生では、なかなかそうはいかない。**

子ども時代の寝室で鏡を見ながら、エスはもう一度、自分が持っているものをチェックした。顔は、今もきれいだ。足もきれいなまま。でも胸は——またいまいましい胸の話だ——やはり見栄えが悪い。今や二つの小さな魚雷みたいに垂れてしまっている。母親の警告を無視して——「小さい胸は、母乳をやると元に戻らないよ」と、シャツのボタンを外すたびにうるさく言われていたが——エスは母乳育児をした。息子たちをいろんなダメージから守りたかったからだけど、結局、不意に襲いかかる人生の不運から守ってやるすべはないみたいだ。

豊胸手術でつかんだ結婚

夫婦が一緒の世界では、おっぱいが垂れても老化の兆しが見えても大したことではなかった。でも、シングルの世界に戻ってみると、やはり問題だった。

というわけで、エスは乳腺外科医を訪れた。

ドクターの名前は友達から聞いたのだが、行ってみて驚いたのは、ずんぐりした、誰かの父親をほうふつとさせるごく普通の人だったこと。医療用ゴーグルをつけているから目元がぼやけ、ロボットみたいにも見える。

看護師はずっと部屋にいて、張りのないおっぱいが見えるよう、紙のガウンをエスの肩の下まで優しく引っ張っている。ドクターは目をそらしながら、胸に慎重に触れた。まるで両手で硬貨の重さを量っているみたいに。

それから、スツールを後ろに滑らせて、ため息をついた。エスはさっとガウンを引き上げて、座り直した。

「あなたをすごく、すごくハッピーにしてあげられると思います」とドクターは言った。

「ほんとに？」

「Dカップにできます。たぶん、DDカップも夢じゃない。ぜい肉がたくさんありますから」

「それは、いいことなの？」

「素晴らしいことです」と看護師がうなずいた。「ビキニのモデル並みに大きくなるんですから」

「21歳の子みたいにね」と、ドクターが誇らしそうに言う。

幸い、エスは21歳に見えることを望んでいた。そうでなければ、何から何まで気味が悪いと感じただろう。手術は前払いだったから、エスは３５００ドルをクレジットカードで支払った。

手術から目覚めると、「さらにいいニュースがあります」と言われた。「ドクターが、さらにもう少し、大きくしてくれたんです。今や正式にEカップですよ！」。看護師が甲高い声で言ったので、「Eカップ」のところは、ネズミがキーッと鳴いたように聞こえた。

「素晴らしいでしょ？」

エスは深呼吸しようとして、パニックになりかけた。胸になじみのない重みを感じる。乳房の重み。セクシーさの重み。ほしがり、ほしがられる重み。一瞬、「何てことをしてしまったんだろう」と思った。私は、心の準備ができていたのだろうか？　胸が大きいことは、重みからわかった。こんな生理食塩水のバッグをぶら下げて、どうやって世の中を歩けばいいのだろう？　ほんとに。隠しようがないから、みんなが見るはずだ。でも……男性が自分を見て、求めてくれると思うと、またわくわくしてきた。

「新しいボディになったから、思いきり楽しめますよ。ショッピングに行って、ブラを買って……」と、看護師が熱っぽく言う。「それに、服を全部買い替えるいい口実ができましたね。まあ、見ていてください。人生ががらっと変わります」

そして、思い焦がれるような顔をした。当然だろう。女性はみんな、この手の変身の物語に親しんでいる。サクセスストーリーとして楽しんでいる。平凡な女性が、今より魅力的で、物欲もあって、万人受けするタイプに変身できたら、人生をがらりと変えられるのだ。

実際、エスは気がついた。この新しいボディを持つのは、子どもを持つのに似ている。「よかったね！」とみんなが祝福してくれるのだ。しかも出産直後と違って、疲れていないし、見た目も最高だし、お酒も飲める。それから間もなく、エスは何人か新しい女友達をつくった。駅のそばの埠頭にあるバーで、サービスタイムに出会った人たち。既婚者も独身者もいるけれど、みんな日に焼けていて、身だしなみがよくて、高価な服を身に着けていて、エスと同じように豊胸している。

両親のとがめるような視線が息苦しいから、エスは外へ出て、新しい仲間と羽目を外しだした。みんな、つらい身の上話に共感してくれる。「愛する人と結婚したのに、ひどい裏切りに遭ったの。だから今は、最初にやるべきだったことをやろうと思ってる。次は、お金のために結婚するつもりよ」

表向き、仲間たちは拍手喝采してくれた。**女の世界では、お金のために男を利用するのは、男が女をさんざん利用してきたことへの仕返しだから。**

とはいえ、「お金のために結婚する」という考え自体は悪くないように思うけど、いざ実行するとなるとストレスがたまるだろう。そもそも相手を見つけるのに——自分と同じくらいお金を持っている人なら見つかっても——骨が折れるはずだ。要するに、女性が「金持ちを見つけて結婚する」と宣言したところで、ほとんどの女性は「はいはい、そうですか」とひそかに思うだけ。

でもエスは、宣言通りに結婚した。そこが彼女の物語を、ひと味違うものにしている。その上、エスは結婚式の直前になっても、相手の男性を「愛してない」と認めていた。これも珍しいパターンだ。**お金目当てで結婚する物語では、女性はそれを認めちゃいけないことになっている。少なくとも、愛しているふりをしなくてはいけない。**

でも、エスはそうしなかった。1泊1000ドルのデスティネーション・ホテル〔宿泊が旅の目的になるようなホテル〕の豪華なブライダルスイートで、花嫁介添え人（ブライズメイド）の友人たちに囲まれて身支度しながら、みんなに念押ししていた。「エディと結婚するのは、お金のためだからね」

「だったら、やめて」と何人かが言った。

「やめられない。息子たちのためよ。さあ、みんな（レディーズ）」とエスが声をかけ、両手を高く挙げると、友人たちはウェディングドレスを持ち上げて、頭の上からすっぽり着せた。「ダメもとで行くわよ」

それから5年間は、たとえ夫のエディが意地悪で身勝手で、エスのことをほかの人たちにまで「バカな女だ」とくどくど言い続けても、エスは不満を漏らさなかった。息子たちが立派な家に住めて、最高の教育を受けられることが、何より大事だったから。夫の酒量が増え始め、たまに暴力的になっても、軽くいなした。自分で招いたことだからと、何とか頑張っていた。たとえ残りの人生ずっと、我慢しなくてはいけなくても。

そんなある日、病院に行った夫が「たばことお酒をやめなければ、命取りになりますよ」と警告された。

そんなことを言われても「みんないつかは死ぬんだからさ」と無視する男性もいるけれど、エディは違った。唐突に真実に目覚め、そこへ突進する中年男の1人だったのだ。

病院から戻ったエディは、真っ青になって震えていた。エスはそのとき、キッチンで白ワインのフルーツサングリアを混ぜていたのだが、夫の青白く汗ばんだ顔を見て、一瞬思った。「心臓発作かも」。頭をかすめたのは、不安でも恐怖でもなく喜びだった。夫が死んでくれたら、悩みはすべて消える。でも、人生はそんなに甘くない。

どん底のどん底

「怖いんだ」とエディは言った。

そして間もなく、かつて「健康ブーム」と呼ばれていたライフスタイルにハマった。

これは、自分の身体に無頓着だった人が、突然こだわりだしたときに起こる現象だ。エクササイズを始め、それに伴うあらゆるもの——進捗を測る機器やカロリー計算のツールなど——を使い始める。そして、一つずつ、摂るのをやめる。炭水化物、砂糖、グルテン、小麦、肉、乳製品。そしてもちろん、アルコールも。

昔は誰かが「健康的な生活をする」と宣言しても、みんなはただ首を横に振って、目の前のカクテルを飲み続けたものだ。健康にこだわりすぎるのは、わがままだと考えられていたから。寿命を延ばそうとエクササイズに励み、「君の人生は終わり」と決めた神さまをあざむくなんて……と誰もが考えたからだ。実のところ、**突然健康に目覚めるのは、たいてい死がそう遠くないサインだ。**全力で逃げたところで、死は追いついてくる。中年男性が、よくランニング中に心臓発作で突然死するように。

あの晩、ホワイトサングリアを飲んでいたエスは、エディとひどいけんかになった。エディがこう言いだしたからだ。「俺が飲めなくなったんだから、お前もやめろよ」。しかも、肉も炭水化物もやめろという。エスが言い返すと、エディが言った。「お前は太ったし、身体のケアもしていないから、もうムラムラしない」。翌朝、エディは怒鳴り散らしてマイアミへ向かった。月7万ドルのリハビリ施設に入るのだ。

これは効果があった。それなりに。エディは酒を断ち、4・5キロやせ、ヨガやイスラエルの格闘術「クラヴマガ」や野菜の王様ケールにハマった。そして、離婚を望んでいる。だから家を出て、高級ホテルに泊まり始めた。

エスは何食わぬ顔で、エディのものを嗅ぎ回りだした。すると間もなく、あるものが見つかった。エディはたしかに1ヵ月間、リハビリに出かけていたけれど、その直後にホテルへ行って、何千ドルも払っていろいろな女性たちと援助交際をしていた。

エスが女友達に連絡すると、みんなすぐ駆けつけてくれた。

その後、さらに醜悪な話が詳しく伝わってきた。エディが飛行機の中で酔いつぶれて、おしっこを漏らしたこと。友達に「たばこの火を消して」と言われたからといって、彼女のスキー板をゴンドラから投げ落としたこと。エスのことをデブと呼んでいたこと……。

どう見ても、エディは悪人だった。

でも、**多くの男性と同じで、自分が女性を見下したり虐待行為を働いていることに目を向けて、それをおかしいと感じる力が、エディには欠けていた。**おまけに男だから、必ず勝者と敗者がいると考えている。自分が負け犬になるわけにはいかないから、勝つ努力をしなくちゃいけない。つまり、エスを悪者にして「すべてはエスのせいだ」と証明しなくてはならない。

そこで、エディは攻撃的なスーパー弁護士を雇って、エスのもとへ差し向けた。スーパー弁護士は言った。「あなたがみんなに『夫は人をいじめるし、虐待するし、アルコール依存症だ』と言っている、と聞きました。だから、ご主人は離婚するだけでなく、あなたを名誉棄損で訴えるでしょうね」

エスの人生に新しく、この不愉快で威勢のいい男が登場したせいで、エスはとてつもないストレスと不安にさらされた。弁護士と話すたびに、猛獣ににらまれたウサギみたいにピリピリし、ストレスホルモンでいっぱいになった。

だから、次に起こったことは、ストレスが原因だったのかもしれない。なんと、片方の胸が爆発したのだ。

ティルダ・ティアの指摘によると、びっくりするほどの話ではないという。「豊胸がうまくいかないのはよくあることだし、そもそも永遠にはもたないの。まあ、手術の前には教えてくれないけどね」

そういうわけで、泥沼離婚の真っただ中に、エスは病院に行った。胸に入れたものを取り除く、2回の手術の1回目を受けるために。目が覚めると、片方の胸が血のにじんだ包帯で十字に巻かれていた。

でも、不思議とつらさは感じなかった。「これ以上のどん底なんてある?」と笑い飛ばし、運命に立ち向かえないほど、めげてはいなかった。

ちなみに、この時期に起こったことでなければ、この問いへの答えは、「ない。最悪」それしかなかっただろう。でも、幸いエスはミドルエイジ・マッドネスに陥っているだけだから、「これ以上のどん底なんてある?」への答えは、「今は待ちなさい」なのだった。

術後3日目に、兄から電話が入った。87歳の父親が車を運転し、木に衝突したという。

「病院に運ばれたけど、15分前に死んでしまったんだ」と兄は言った。

2人の兄と母親に言わせると、すべてはエスのせい。

エスは両親の世話を引き受けて、ちょくちょく様子を見にいっていた。父親を車で買い物に連れていったり、父が行きたがる場所へ乗せていってあげたり。地元のレストランにもよく一緒に出かけて、加工肉やプロセスチーズがたっぷり入った、身体に悪そうなサンドイッチを注文していた。でもそれも、離婚騒動に巻き込まれたり、緊急手術を受けたりで、できなくなっていた。それもエスが悪いのだ。ついにきちんと面倒を見てくれるリッチな男性をつかまえたのに、フイにしてしまったのだから。私は何一つ、うまくやれないのだろうか？

エスはミドルエイジ・マッドネスにありがちな、ネガティブな思いを抱き始めた。

きっと逆境に打ち勝つことはできる

ミドルエイジ・マッドネスに陥ると、叫びだしたくなるような、心が不安定になる瞬間がある。鏡をじっと見つめて、生きていく理由が見つからなくなったり、ブラックホールみたいな1日を経験することもある。

思いというのは、小さな足のようだ。自己不信と絶望の谷へと転がっていく道をこしらえ始める。私、こんな目に遭うようなひどいことした？　どこで間違えたんだろう？　これが本当に私の人生なのだろうか？　と。

エスもそんな状態に陥り始めた。今では、目が覚めると考え始める。私が目覚めなかったほうが――私にとっても、ほかのみんなにとっても――マシな状況になるんじゃないかしら。

でも、そのあと気づくのだ。何てバカで身勝手なんだろう、と。気にかけてやらなくちゃいけない息子たちがいるし、心待ちにしている二度目の手術も控えている。

そして、ここで幸運の女神が、ようやくポンッ！　と魔法の杖をたたいた。豊胸した胸が爆発したから、乳房の再建手術にも保険が適用されることになった。その場合、脂肪吸引術と腹部のたるみを取り除く整形手術も行われる。要するに、エスのボディは、手術で大変身を遂げることになったのだ。

エスは忘れ物がないように、手術前の荷造りをした。一度入院したから、どんなふうかは知っている。周囲では絶えずピーッと音が鳴っていて、ぼんやりとした薄明かりの中で眠る。ポリエステルのシーツやまくらカバー。優しいスタッフ。考えてみると、この6週間、優しくしてくれたのは、ここの人たちだけだった。少なくとも気遣っているふりをしてくれたってことは、本当に気遣ってくれていた？

そんなことってある？

病院まで車を走らせながら、エスは入院を楽しみにしている自分に気がついた。

翌朝、タイトな腰帯とサポートブラと、最先端の包帯「スポーツ用ジェルラップ」でミイラみたいに巻かれて、エスは家に帰った。

重い扉を押して、吹き抜けの玄関——金持ちの家になくてはならないもの。お金をひけらかす手段が、頭上の無駄な空間しかないみたいに——を抜けて、二つある階段の一つを上って、ウォークインクロゼットと鏡の間がある主寝室に向かった。そして、スマホを取り出し、写真を1枚撮った。

エスはそれを、5人の友達に送った。そのあとベッドに入って、16時間眠り続けた。

その友達の1人が、ティルダ・ティアだった。ティルダ・ティアは「手術は大成功よ。エスがどんなに素敵になったか、信じられないと思うよ」と報告してくれた。

そして私たちに、ごく最近の写真を見せてくれた。補正下着の上に黒のスポーツウェアを着たエスは、体重が半減したように見える。

「こんなことができるなんて、信じられない」と私は言った。

「最近の医療にはびっくりよね」とティルダ・ティアも言う。

「それに、ホッとしたわ。少なくともエスは、また別の男性を見つけられる。だって、現実を見て。エスの選択肢は多くないよ。今さら仕事が見つかるわけじゃないし」

私はさっと青ざめた。

「だって、それが現実じゃない？」と、ティルダ・ティアが叱るように言う。「キャリアウーマンばかりじゃないのよ。ミック・ジャガーの妻だったジェリー・ホールを見て。彼女、87歳の人と結婚したのよ。エスみたいな女性なら、手に入るのはそれでしょ」

「まあそれの、だいぶショボいバージョンだろうけどね」とキティが指摘した。「さらに気がめいるわ」

それでも、手術が大成功したことは、みんなが認めた。友達の大成功はもれなく――その手段はどうあれ――みんなにとっての大成功だ。なぜなら、**私たちみんなが「できないかも」と恐れていることを「きっとできる」と証明しているからだ。**きっと逆境に打ち勝てる、と。


エスは外出先から戻り、自宅につながる慣れ親しんだドライブウェイとピンクの花がわっと咲いているマグノリアの木を見ると、うきうきする。犬たちは、夏の午後にここで寝そべるのが大好きだ。それから、この家。エスはどういうわけか、どれほど豪華な家かを忘れていた。息子たちと越してきたとき、「私は世界一幸せな女だ」と思ったことも。

あの頃、自分の未来を思い描くときは、漠然とエディが先に死んで、すべてを遺してくれるものだと思っていた。自分が穏やかに晩年を過ごす、この家も。

そうはならない、と今はわかっている。
エスにわかるのは、本当にそれだけだけど。

ミドルエイジ・マッドネスから立ち直る

いずれエスも気づくだろう。ほとんどの女性が気づくように。「ミドルエイジ・マッドネスから立ち直る」というのは、**人生の現実にしっかり目を向け、そこから何を築いていけるのかに気づくこと。**サッシーの友達のマーゴが、いい例だ。

ミドルエイジ・マッドネスのただ中にいるほとんどの女性と同じように、マーゴも自分がそんな状況に置かれるなんて、夢にも思っていなかった。もうすぐ60歳で、独り身で、ずっと住める家もなく、収入もなく、仕事もキャリアもない。アトランタにいる、もうすぐ元夫になる彼が家を売ってくれれば、時期ははっきりしないけれど、いずれ少しはお金が入る。

マーゴはもう20年間定職に就いていないが、彼女には才能があった。絵が描けるのだ。みんな彼女の絵には一目置いている。サッシーも私も1枚買ったことがあるし、ほかにも買った人たちがいたから、私たちは、マーゴのお金の問題は解決すると思っていた。地元の画廊がきっと彼女を見出すだろう、と。画廊が絵を1万、2万、いや5万ドルで売り始めれば、マーゴはひと息つくだろう。はっきりしているのは、このあたりにはリッチな人たちがたくさんいること。彼らにとっての5万ドルは、みんなにとっての50ドルくらいじゃない？

言わずもがなだが、現実はまったく違っていた。マーゴがジープの後ろに絵を積んで、画廊を回ると、「1200ドルで売ってもいい」という画廊が見つかった。でも、額縁にかかるお金はマーゴがもたなくてはいけない上に、それが高い。画廊がマージンを取ったら、彼女の売り上げはたったの500ドルだ。画廊の予想では、月に1～2枚は売れそうだから、合計で1000ドルくらいにはなるだろう。でも、家賃が月に最低2000ドルはかかる場所で、暮らしていくには足りない。

そういうわけで、あの冬、私たちは心配していた。マーゴのことだけでなく、2回も失神の発作を起こしたクウィーニーのことも。それから、また家に引きこもってしまったマリリンのことも。

とにかく何の保証もないのだ。夜に火を囲んで座っている間、私たちの頭を離れなかったことがある。それは、**マーゴがかつて「正しい」とされていたあらゆること――仕事をし、結婚し、子どもを産み、家を守るために仕事を辞めて収入を失い、子どもたちの世話をし、子ども中心のライフスタイルに伴う果てしない務めを果たすこと――に身を投じて**

きたというのに、なんにも残らなかったこと。一方、家族の伝統やしきたりにとことん抵抗してきたサッシーと私は、大丈夫だということ。家も年金もあるし、銀行には貯金もある。マーゴにはなかったから、仕事が必要だった。

3ヵ月後、仕事は見つかった。富裕層の家の装飾を手がける会社で、ブラインドのサイズを測る仕事だ。時給15ドルで週に40時間働くから、週給600ドルで月給は2400ドル。税別で2万9000ドルほどの年収は、35年前の1980年代前半に彼女が稼いでいたのとほぼ同じ金額だ。まさに前世紀に逆戻り。でも、健康保険がついている。これはありがたかった。

それに、マーゴがよくわかっている仕事でもあった。22歳でアッパー・イースト・サイドの著名な装飾家のもとで働きだした頃にしていた、最初の仕事がこれだったのだ。当時はわくわくしていた。社会に出たばかりで、何もかもうまくいくと信じていた。

今、ほぼ40年たって、また振り出しに戻った。

いや、ミドルエイジ・マッドネスが「もう一度マーゴにチャンスをやろう」と決めなかったら、本当にそうなっていた。

朝8時。マーゴが初出勤する予定の朝に、トゥルル……と電話が鳴った。

「もしもし？」

「マーゴ?」。兄からだった。「ペニーおばさんが亡くなったんだ」

懐かしいペニーおばさん。マーゴの父親の妹だ。未婚で、子どもがいなかったおばは、お金をすべてマーゴと兄に残してくれていた。しかもおばさんはずっと働いていたから、個人退職金口座にかなりの貯えがあった。

そう、マーゴは救われたのだ！　少なくとも、ブラインドを測る仕事はしなくてよくなった。

「奇跡よ」とサッシーは力説していた。みんなが口をそろえて言ったのは、「普段の行いがよかったから」ということ。常日頃から他人に親切にし、みんなの力になっていたから、ほら！　宇宙がとうとう彼女の力になってくれた。

まあ、そんなところかな。お金は、スーパーまで車で20分ほどかかる田舎に、小さな家を買うくらいはあった。田舎暮らしを、マーゴは気にしていなかった。「フルタイムで絵を描く夢を追いかけられるんだから、孤独なんて何のそのよ」

それでも時々、私はマーゴが心配になる。だからつい、サッシーに尋ねてしまう。「あそこで寂しがってない?」「今は誰と会ってるの?」「誰と遊んでるの?」と。

マーゴが人生に失望していないかな、と気になるのだ。私が時々失望してしまうように。それから、**そもそも女だから、すべてを正しくやっていないから、という理由で、今後払わされる代償が、心配になったりしないのかな、と。**私がたびたび心配になるように。そんなことをつらつら考えたあと、私は自分を安心させる。そんな問いかけをした女性たちを長年癒やしてきた、あのマントラを使って。「要は選択の問題よ。人生が思い通りにいかなくたって、思い通りの道を選ぶことはできるんだから」

第7章 「母親役」という冒険

少年と父親は、猛暑の最中(さなか)にやってきた。

全室エアコン完備、とは言えない自宅で、私は大きく息を吸い、「イライラしない」と自分に言い聞かせていた。怒っちゃダメ。マックスが「息子と2時までには行くよ」と約束したことに――そう、約束したのよ――むかついちゃダメだ、と。

もうすでに6時だ。

電話が鳴ったから、さっと飛びついた。サッシーだった。「まだ来てないの?」

「まだよ」と、歯を食いしばったまま答える。「シティを1時間前に出たばかりなの」

「でも、午前中には出るはずじゃなかった?」

「そうよ。でも、テントが届かなかったの」

「どういうこと?」

「テントよ。今朝知ったんだけどね、マックスったらテントをきのうの晩にオンラインで

注文したらしいの。そんな人いる？　誰がオンラインでぎりぎりに注文するのよ？　ここに来ることは、何週間も前からわかってるのに」

「まあ、それが男ってやつよ」と、サッシーがなぐさめてくれた。「あまりにも大変だったら、キティのところへ連れていくのよ。クウィーニーのところにも。みんなで助けるから」

「ありがとう」。感謝のため息が漏れた。

「息子の名前、何だっけ？」

思わず固まった。「何か、アイスランド系の名前？」

「覚えてないの？」とサッシーがあきれたように言う。

「忘れちゃった」と私。2人がまだ来てもいないのに、子どもの名前を忘れるなんて、早くも挫折した気分だ。

「まだ8歳だし、英語もほとんど話せないのよ」と、とりあえず言い訳してみる。「でもきっと、何もかもうまくいくわ」

「何もかもうまくいく」というのは、私の新しいマントラだ。ミドルエイジ・マッドネスも立ち去ってくれたし、今はいい状態にある。**ちまたで中年がやるべきだ、と言われていることをやっている。**「**アクティブに過ごす**」「**健康的な食生活を送る**」、**そして**「**飲みすぎない**」。ロゼワインのグラスは必ず氷でいっぱいにしているし、仕事だってしている。

朝8時から午後2時頃まで、毎日5〜6時間働いている。

私は幸せだし、心穏やかだった。

だから、元彼の1人——仮にマックスと呼ぼう——から電話があって、ヴィレッジのうちの裏庭で「息子と10日間、キャンプさせてくれない？」と頼まれたから、「いいよ」と請け合った。

キャンプに行きたくてうずうずしている息子に、「連れてってやる」と約束したのだという。子どもは「森の近くまで行って、夜に動物が見たい」「自分で魚を釣って食べたい」、それから「テントで寝たい」と言っているらしい。

「うちの庭は広いから、全部できるよ」と私は言った。うちにはいわゆる「コテージ」——古い納屋——まである。最近コンクリートの床に変えたし、電気もついている。雨が降ったら水浸しになるところは、まあご愛嬌だけど、そんなところに泊まりたくない子なんている？

2人の訪問くらい、何とかできる自信があった。私が午前中に仕事をこなしている間に、マックスは息子と絆を深め合えばいい。ただし、一つ懸念はあった。マックスは運転しないし、免許も持っていないのだ。免許を手放して30年以上になる。つまり、常に都心に住んで、公共交通機関に頼っている人。

「大丈夫よ」と私は大声で言った。「ヴィレッジでは車はいらない。どこへでも自転車で行けるもの。ボクはいくつだっけ?」

「八つ」と父親は言った。「八つなら、もう上手に自転車に乗れるよね」とうなずき合った。

そして、2人で計画を立てたあとは、いつものように話を頭の隅に追いやって、約束の日まで1週間を切る頃まで、考えなかった。

「2人はほんとに来るの?」とサッシーが聞いた。

私は肩をすくめた。「さあね? マックスを知ってるでしょ。土壇場で心変わりしかねない」

親じゃないけども

マックスは人生のルールに対して、まさになりゆき任せなアプローチをしている。もう55歳だが、一度も結婚していないし、仕事をしている様子もない。「あの人、お金はどうしてるの?」「何の仕事をしてるの?」なんて聞かれても、答えようがない。マックスからのショートメールやたまに来るメールから推測すると、童顔のテック系億万長者たちと世界中を旅して、バーニングマンのイベント〔砂漠に集まった人たちが1週間、架空都市をつくり、街の象徴である像を燃やすイベント〕に参加している。

仲間たちに「マックスみたいな人が、何で子どもをつくったわけ？」と聞かれると、何だかそわそわしてしまう。何と言っても彼は、意図して子どもをつくらない、という人だったから。

マックスは型にはまった人生とは無縁の人で、いつだってそれを公言していた。両親にも「結婚なんて信じてないし、子どももいらない」と伝えていた。自分の性格もライフスタイルも、傷つきやすい小さな人を育てるのに向いていない、とちゃんとわかっていた。

それなのに、とにもかくにも親になってしまった。イタリアのとあるパーティでアイスランド人の女性と出会って、5日間、セックスしまくった。そうしたら2ヵ月後、女性から電話があって、4つのことを告げられた――私は妊娠している、子どもは産むつもりだ、自分で育てるつもりだ、あなたは関わらなくていい、と。

それから6年がたった。6年間、息子は北欧の小さな国で、アイスランド語だけを話して育った。マックスは時々、息子の話をしていた。「子どもに会ったの？」と私はちょっぴり驚いて聞いた。「その子、どうしてるの？」

「元気そうだよ。でも、コミュニケーションが取れないんだ。英語を話さないから」

少年は、素朴な生活を送っていた。彼には父親の違う妹がいて、妹の父親はマックスとは正反対の地元の漁師だった。少年はたいてい外で過ごしていたから、いずれは彼も地元の漁師になっていたのかもしれない。

ところがある日、女性は自分と子どもたちのために、よりよい生活を求めることにした。貯金をすべてはたいて、マンハッタンのアッパー・イースト・サイドに引っ越したのだ。そして、不動産業者に就職し、物件を月２５００ドルで貸し出している。だから、どうにか生活はできている。

でも、女性がニューヨークシティに来たことで、年に数週間はそこで過ごしているマックスも、息子に会う回数が増えた。そして今、55歳で何の経験もないまま、手探りで父親になろうとしている。

だから私も、力になることにした。とにかくマックスは頑張っているのだから、絶対に励ましが必要だ。「そんなわけで、息子と完璧なキャンプ旅行をしたい、っていう彼の夢に、手を貸すことにしたのよ」と、私は仲間たちに説明した。

でも、全員が賛同してくれたわけではなかった。

「ヘンだと思わないの？　見ず知らずの女性が、子どもをあなたの家に泊まらせるなんて」とティルダ・ティアが言う。「私なら母親として、8歳の子を会ったこともない女の家に、絶対送り込んだりしない」

私は親じゃないから、よくわからない。でも、母親が子どもを送り出すのには、何か事情があるのかも、とは思った。『アルプスの少女ハイジ』みたいに。

「いや、ハイジとは違うでしょ」とティルダ・ティアが怒って言う。「第一、あなたはマックスの彼女ですらない」

「だからオッケーなのかもよ」とキティが言った。「危険な存在じゃないから」

「何に足を踏み入れようとしてるか、わかってる？」とティルダ・ティア。彼女は、カブスカウトのリーダー並みに面倒見がいい。キティの家に泊まると、必ずちゃんとスーパーで買い物をして料理をつくり、ほかのみんなに「自分が使った部屋を掃除して！」と怒鳴っている。

ティルダ・ティアの言う通りだ。私は何に足を踏み入れようとしているのか、わかっていない。それなのに安請け合いして、何が起こるかわからない、いや起こりそう、という事態に備えている。自分には子どもがいないから、この冒険は少なくともリサーチになるだろう、と。

そういうわけで、スマホを手に取り、時間と天気をチェックした。この暑さのせいか、あと1時間ほどで激しい雷雨になるらしい。つまり、テントを張るにはふさわしくない日だってこと。そう……感電死しかねない。

私はマックスにメールした。「どこにいるの？」

少年と父親がウーバーでようやく到着したのは、午後10時。ドリス・デイが演じる主婦ばりに明るく出迎えた、と言いたいところだけど、そうはいかなかった。約束の時間をはるかに越えてやってきた2人に、イライラしていた。

でも、ハウスゲストの到着は出産に似ている。**顔を見たらうれしくなって、相手が現れるのを待っている間、どんなにイライラしていたか、一瞬で忘れてしまう。**

マックスが父親らしく少年をトイレに急がせている間、私は2人の荷物をドライブウェイからリビングへ運んだ。

少年の荷物をどこへ置こうかと部屋を見回しながら、ティルダ・ティアの言う通りだ、と思った。何だか気まずいのだ。私は母親じゃないのに、子どもがうちにいる。その子の父親は私の彼氏でもないのに、やっぱりうちに泊まろうとしている。

とはいえ、厳密に言えば、2人は家の中には泊まらない。裏庭でキャンプをして、納屋で過ごすことになっている。彼らには彼らのスペースがあり、私には私のスペースがある。

ただし問題は、今にも激しい雷雨になりそうなこと。こんな夜にテントで寝るのは楽しくないどころか、危険な行為だ。

でも、少年は家の中で過ごすのには興味がないようだ。「テントで寝る」という約束だったのだから。「納屋の2階は広いから、テントが張れるよ」と大人がいくら言っても、耳を貸そうとしない。納屋には、小さなエアコンまであるのに！

「中は涼しいよ」「虫も少ないぞ」「雨に打たれる危険もないよ」

――ダメ。わかってくれない。そのうち父親に「早くテントを張って」と要求しだした。

「手伝おうか？」と申し出たけれど、少年にシッシッと追い払われた。

私は家の中に戻って、氷を入れたロゼワインを飲み、自分の幸運に感謝した。どう見ても少年には計画があって、そこに私は入っていない。

つまり、少年との関係はあっさりしたものになりそうだ。私はせいぜいキャンプの監督か、民泊（エアビーアンドビー）の大家といったところだ。

2日目――ママ役も楽し

翌朝目覚めると、静かだった。マックスと息子はカウチに座って、静かに息子のバッグの中を探っていた。

私は自分の紅茶を入れて、2人に加わった。マックスはテントでよく眠れなくて、ようやく6時になったから、息子と起きたのだという。2人はすでにデリまで歩いていって、朝食もすませていた。その証拠に、テーブルには脂っぽい紙袋と食べ物の包み紙が転がっている。

「はい」とマックスが、私に封筒を手渡した。

「これ何？」

「メッセージだよ。グロティスからの」

「誰？」

「グロティス。この子の母親」と、マックスが声を潜めて言った。

ああ。わかった。グロティスね。

「キャンディスさま。うちの息子の面倒を見てくださって、ありがとうございます。息子にとって、一生に一度の経験になると思います」

ああ、何て優しい言葉なの。「ほらね、ティルダ・ティア」と言ってやりたくなった。

お母さんは、私を信じて息子を預けているのだ。どうしてだかはわからないけど、たぶん母性本能でわかるのよ。私と一緒にいることが、とにかく息子のためになると。

父親と私とで、子どもが持ってきた服をチェックした。「何で短パンが二つしか入ってないの？」と尋ねると、マックスが肩をすくめた。「たぶんグロティスはあまりお金がなくて、服を買ってやれないいんじゃないかな」

私は子どものことはよくわかってないかもしれないが、服のことならよくわかる。しかもこの場合、何をすべきかも。

そう、少年をショッピングに連れ出し、私も同行するのだ。

ありがたいことに、メイン・ストリートには、子どもの店が山ほどあった。それから、今日初めて気づいたのだが、子どもたちであふれている。親たちで。家族連れで。みんなと歩調を合わせながら、ふと思った。これが現実の人生だったら、どんな感じなんだろう？　マックスと私が結婚して子どもがいたら……？　ちょっと現実離れしているけどあり得なくはない、と思いつつ、40そこその魅力的な両親とかわいい子どもたちの後について、サーフショップに入った。これが現実の人生なら、私は今より幸せで、満たされていたのだろうか？

服の買い物は「女の仕事」とばかりに、マックスはすぐカウチに座って、クッションにもたれ、メールし始めた。

でも、イヤな気はしなかった。マックスが口を出してもややこしいだけだし、ファッションに関しては、私のほうがはるかによくわかっている。

「ねえ、ボク。これ見て」と黄色のTシャツを取り出して、彼の目を色とりどりの服がかかった円形ラックに向けようとする。

でも、少年はただそこに突っ立って、じっと私を見ている。途方に暮れた顔で。

「オッケー」と私は明るく言った。「じゃあ……スニーカーはどう？」

またしても、同じ表情だ。私が何を言っているのか、いや、なぜ私が一緒にいるのか、見当もつかないみたいに。その顔はこう言っている。「あんたはぼくのママじゃない」

その通り。しかも、ママみたいにかわいがってくれる人でもない。私がこの子に対して何の権限もないことは、お互いよくわかっている。

ありがたいことに、店員の女性が助けにきてくれた。「何てかわいい子なの！」と叫んで、「サイズはおいくつですか？」と聞く。

一瞬、うれしくなった。この子の母親で通るくらい、私は若く見えるのだ。でも、すぐにハッとした。本物の母親なら、息子のサイズくらいはわかっているはず。もし「わからない」なんて答えたら、わが子のことをなんにも知らない悪いママだと思われてしまう。

ママのふりをするのは、あきらめよう。私は、彼女を脇へ引っ張っていって、こう言った。「実は私、母親じゃないの。前に一度会ったっきりの子なのよ。それに、この子の父親も、年に一度しかこの子に会ってない。その上、英語もあまり話せないの」

もちろん、店員はわかってくれた。よかった。あとで気づいたのだが、ショッピングは、子どもが1人でできないたくさん、たくさんある事柄の一つだから。

当然、少年と父親の面倒を私ひとりで見られるなんて、一瞬たりとも思ったことはない。**つまるところ、子どもがいる人たちだって、誰かの助けを借りている。**違う？　たとえば、子連れで旅行するときは、ベビーシッターも一緒に連れていったりしている。

お金持ちのパーティで出会った誰かにそれを指摘されたから、しっかり指摘し返しておいた。「それは素晴らしいアイデアだけど、マックスと私にはベビーシッターを雇う余裕はありません」。それに、たとえあっても、泊まってもらう場所がない。さすがに小型テントで寝てくれ、なんて言えないから。

ただしありがたいことに、私には助けてくれる仲間がいる。ティルダ・ティアをはじめ、みんなは確信していた。2人の滞在はきっと困った事態を引き起こし、私が助けを求める羽目になる、と。

私は子どもの頃から、母性に欠けた人間として知られていた。小さい頃、近所の誰かのママが赤ちゃんを産むと、小さな女の子たちは全員、ママたちと一緒に生まれたての赤ちゃんを見にいくことになっていた。赤ちゃんのママが赤ん坊を抱き上げて、「どうぞ」と女の子の1人に手渡すと、みんながキャーキャー言いだして、代わる代わる赤ちゃんを抱っこし始める。私の番が来て、私が「イヤよ」と押し戻すまで。誰かの赤ちゃんを抱っこするなんて怖い——落っことしたらどうするの？——という恐怖に加えて、洗脳されてるみたいでイヤだったのだ。

当時は、女の子が上手に赤ちゃんを抱くと、その子は結局、いつも赤ちゃんを抱く羽目になっていた。**「赤ちゃんの扱いが上手」な子には、大人がベビーシッターをさせたがるからだ。**

私はパス。

そういうわけで、母親役をやろうとしている私に、友達がこぞって助け船を出してくれた。クウィーニーとキティの家にはプールがあるから、「昼間は家を使っていいし、何ならベビーシッターもしてあげる」と言ってくれた。サッシーも、少年とバドミントンやトランプで遊ぶことならできる、と約束してくれた。

「悪いママ」なりにできること

一見「悪いママ」なのと、私みたいに本当にママに向いてないのとは違う。相手がわが子でも、そうでなくても。

実のところ、ほとんどの女性は、子どもを産んだことがあってもなくても、目の前に母親のいない子どもがいたら、どうしてあげればいいのか、わかっているようだ。

たとえば、子どもが家に来たら、すぐ飲み物を出してあげる。トイレに連れていく。クッキーをあげる。ハリウッドのセットに現れた、映画会社のお偉いさんみたいに扱う。

プールで遊ぼうとクウィーニーの家に着いたときに起こったことが、まさにそれだった。クウィーニーは、いわゆる「魅力的なママ」だ。だから少年も、あっという間に彼女になついた。クウィーニーが少年をトイレに案内している間、私は仲間たちから叱りつけられていた。

「あんなにかわいい子だって、何で言わなかったのよ!」とサッシー。

「何で名前が覚えられないの? あの子は人間なのよ」とキティにも叱られた。

「あのね、あんまりグイグイ行きたくないの。彼の境界線を尊重してるのよ。あの子が私の名前を覚えてくれたら、私も覚える」と、「キャンプの監督理論」をぶとうとしたけれど、誰も乗ってこなかった。

「キャンプの監督だとしても、キャンパーの名前くらいは覚えるでしょ。それも仕事の一つよ」とマリリンが言った。頭のおかしな年寄りに言い聞かせるみたいに。

数秒後、クウィーニーが少年の手を取って、踊るようにテラスに出てきた。彼女が魅惑的で上品でファッションセンスもいいから、隣にいる少年までそう見えた。少年は幸せそうだった。それに、くつろいでいた。そして今日1日で初めて、私もホッとくつろいだ。

でも、それも束の間だった。子どもというのは、しばらく楽しませたら、そのあとどこかへ行って、勝手に一人で遊んでくれるわけではない。あるいは、しばらく楽しませたら、あなたがどこかへ行って、勝手に好きなことをしていいわけでもない。おのおのが好き勝手に楽しむカクテルパーティとはわけが違う。

子どもは、〝楽しませ続け〟なくてはならないのだ。

クウィーニーは母親だから、それをよくわかっている。少年に「泳げる?」と聞いて、プールで一緒に泳いだ。

みんなで、クウィーニーと少年の写真を撮った。彼女は少年に「何てハンサムなの！」「何ていい子なの！」とささやいていて、誰もが「私たちの中で、クウィーニーが最高のママね」とうなずき合った。彼女にかかると、少年も魔法のようにハッピーになった。でもその後、クウィーニーは本物の娘に呼ばれて家に入ったので、マリリンが引き継いだ。

オーストラリアの海で育ったマリリンに、少年は心を開き、たどたどしい英語で、アイスランドでは海のそばに住んでいたこと、冬は2ヵ月間、暗くて身を切るように寒かったことを話してくれた。でも、その後マリリンも、少年をビーチパラソルに入れて、自分は炎天下に座っていたせいで、身体が焼けつくように熱くなり、プールに飛び込まずにいられなくなった。すると少年は、今度はキティに抱きしめられながら——キティにもやはり子どもがいて、20代の頃にはシングルマザーをやっていた——サッシーに物語を読んでもらっていた。

ところで、ママたちがこうしてお世話している間、マックスはどこにいたのかって？彼はエアコンのきいたクウィーニー宅のソファの上で、うたた寝していた。

その後、少年がまた退屈しだした。サッシーが私に目配せして、「次はあなたが楽しませる番よ」と伝えてくる。

「ねえ、ボク」。私は、少年をみんなから引き離した。

「あい？」。疑うことを知らない、満面の笑みを浮かべている。

「飛び込みを教えてあげようか？」

「どうやるの？」

「こうやるのよ」。私は、スイミングチームにいた頃の飛び込みを披露した。彼と同じように8歳だった頃の話だ。

これはうまくいった。ついにこの子にも、私と一緒にやりたいことが見つかった。

彼について、わかったことがある。それは、飲み込みの早い子だ、ということ。40分足らずで、飛び込みをマスターしてしまった。それに、粘り強い。決してあきらめないし、文句も言わないのだ。

たぶん最終的に、この母親兼キャンプの監督役については、うまくいくのではないだろうか。

3日目——仕事ばかりのママ

お互いもっと自由に動けるように、そろそろ少年には自転車に乗ってもらうことにした。この用事を朝イチにすませたかったのは、仕事の時間を確保したいからだ。私の計画は、まっすぐ自転車屋に行って、マックスと少年を降ろして、家に帰ること。

ところが車に乗ると、マックスと少年には、ほかにも寄らなくてはならない場所がいくつもあることがわかった。「うーん」と思わずうめいた。30分のお出かけのはずが、少なくとも1時間はかかりそう。

ホームセンターで20分間、釣り竿のことで話し合ったけれど、結局手ぶらで店を出た。それからスーパーへ行って、マシュマロや角切りフルーツやポテトチップスなど、私が絶対に食べないいろいろなものを買った。うちの小さなキッチンに、余分な食べ物があれこれ詰め込まれると思うと、イライラしてきた。

そしてようやく、自転車屋に着いた。少年は中に入りたくない様子だったが、私は自分に言い聞かせた。「これは私の問題じゃない。親じゃないんだから」

後部座席に手を伸ばし、ポテトチップスの袋をつかむ。それから数分間、ただ座ってポリポリかじって、1人の時間を楽しんだ。

すると「ねえ」と、自転車屋から早足で出てきたマックスが言う。

「何?」と、窓から顔を出して聞く。

「トラブル発生」と言って、マックスは一瞬黙った。「中に来てくれない?」。店の雰囲気が、どうもおかしい。少年は隅っこに立って、消え入るように肩をすぼめている。かわいそうに。少年は、自転車に乗れないようだ。でも、父親をがっかりさせたくないから、言い出せなかったのだ。

切なくて胸がつぶれそう。でも、同時にそれは、私がこの先もマックスと少年を車でありとあらゆる場所へ運んでやらなくちゃいけないことを意味している。いや、それは想定外だ。何とか解決しなくては。

「自転車の練習をしたら？」と私は提案した。これは素晴らしいチャンスじゃない？　幸い私の家は、人生を変えるこのスキルを学ぶのに、理想的な場所に建っている。通りを渡れば公園があるし、家の裏は袋小路になっている。近所の消防署には大きな駐車場があるから、ターンの練習もできるだろう。**私自身も、夏の初めにそこで練習した。**

「パッパ？」。少年は、その提案に目を輝かせて言った。「自転車の乗り方を教えてくれる？」

「もちろんさ」とマックス。

うまくいった。

いや、そうでもなかった。親が子どものために何かしてやろうとしても、一筋縄ではいかないらしい。自転車屋には補助輪が売っていなくて、オンラインで注文しなくてはいけなくなった。これでさらに時間を食うから、ほかのことが疎かになる心配が出てきた。この2人とは無関係な、もろもろのことが。そこで、マックスに伝えた。「明日の朝までに絶対仕上げなくちゃいけない仕事があるの。だから自分で、何をするか考えてくれない？

そうしたら私も、3時間は1人の時間が取れるから」

「わかったよ」と、マックスはあきれ顔で言った。

「お願い、マックス。失礼な態度を取るつもりはないのよ。2人がいてくれるのは大歓迎よ。でも、仕事はしなくちゃいけないの」

「君はいつも仕事、仕事だな」と責めるように言う。まるで15年前に別れた理由が、それだったみたいに。

私はぐっと言葉を飲み込んだ。書くことを考えると、ゾッとするような無力感に襲われる。それは、ペットが病気のときに感じる気分に似ている。ちょうど、うまく書けない本の締め切りが迫っているのだ。つまり、いつも以上に頑張って書かなくてはいけない状況だ、ということ。

それに、お金も必要だった。マックスには言いたくないいけど、家のリフォームができていないのは、余裕がないからだ。今の状態が続けば、一生できないままかもしれない。これも、絶対にマックスには言わないけれど、私は思い浮かべていた。リフォームができていないこの家で、今から30年後、今と同じ古い服を着た自分が1人でいる姿を……。**いや、こんなのはまだマシなバージョンだ。**

そうは言っても、後ろめたい気持ちは残った。

6日目――本物の親みたいに

補助輪つきの自転車が届いた！

自転車屋さんが魔法のように組み立ててくれると、少年は3分後には、父親の助けも借りず、駐車場で自転車を乗り回していた。

その笑顔ときたら！　満面の笑み、なんて言葉じゃとても足りない。すべてに報いてくれる、最高の笑顔だ。混乱も大騒ぎも、ご飯を食べさせ、服を着せ、楽しませ、世話を焼き、何よりこの小さな人のことをひたすら考えなくちゃいけない大変さもすべて、どこかへ吹っ飛んでいた。「できたよ！」と伝えてくれる、子どものうれしそうな顔を見るのは、何物にも代えがたい。

ふと、自分が精いっぱい生きていることに気づかせてくれる。

そのうち私は、本物の親みたいに車に戻ってスマホをつかみ、大事な出来事を記録し始めていた。

7日目――チャンスを逃した？

よく「子どもを持てば、人として成長できる」と言うけれど、私が望んだ通り、マックスもそうなりつつあった。

飲み込みが早い息子を見て、マックスは強く思った。この子はいろんなスキルをマスターできる。釣りも、テニスも、新しい友達のつくり方も、読解力の上げ方も身に着けられる、と。

それを証明すべく、2人は自転車でヴィレッジに向かい、ロアルド・ダール全集や、ハサミや、立体模型をつくる工作用紙を買って帰った。それから——うれしいことに——すべてを納屋に運んでくれた。

30分後には、いきなり家の中ががらんと寂しくなった気がした。だから、その後どうなったか気になって、2人の様子を見にいった。ひょっとしたら、アドバイスが必要かもしれないと。

なのに、シッシッと追い払われた。

2人とも、私を必要としていない。

これが、子どものいない人間の現実ではないだろうか？　誰にも必要とされていない。もちろん、犬や友達は必要としてくれるけど、それは少し違う。

さらに言えば、死んだとき、誰が落ち込んでくれるのだろう？　むろん、友達は悲しんでくれるだろうが、そう長くは続かないだろう。それに、お葬式には進んで来てくれても、葬儀の計画を立てたいとまでは、必ずしも思わないだろう。それから最終的に、誰に退職金口座のお金を残してあげたい？　まあ幸運にも、退職金口座を持っていればだけど。

その晩、寝る準備をしながら、マックスのことを思った。突然、息子という生きがいを見つけた彼のことを。目を閉じて、**「私はチャンスを逃したのかも」と思った。**

だから翌朝マックスが「今最高に楽しいよ。あと何日かいさせてもらえたら、俺もこの子もどんなに素晴らしい時間を過ごせるか」と話し始めたとき、快く「どうぞ」と答えた。

10日目――母親脳

「もぉっ、早くして」。私は、目の前をのろのろ走る車に向かって、小声でうなっていた。何で、ああ、何でまた、私は車に乗ってるの？

この子のためを思ってだ。少年が地元の私立学校のグラウンドで行われるスポーツ合宿に参加することになったのだが、自転車で行くには遠すぎるから車で送っているのだ。ついでにマックスも。

この子は何の問題もない。問題はマックスだ。この男は、カリフォルニアで参列するおバカな「バーニングマン仲間」の結婚式の話をまくしたてては、「北極グマの格好をしなくちゃ」としゃべりまくっているけれど、まだアマゾンにコスチュームを注文してない。

私は深く息を吸って、合宿に来た子どもたちが、どこで1日を始めようとしているのか、見渡した。風船を放っている場合もあるし、みんなで仮面を着けていることもある。その日は、楽器を演奏していた。校舎のガラス窓からつり下げられている垂れ幕は、明るい紫やグリーンやオレンジ色をしている。

子どもたちと何人かの大人が、明るくパチパチと手をたたいていた。

「あの人たちは、何でいつもあんなに楽しそうなの？」と私。

「はあ？」とマックスが言う。

「ねっ」と子どもが言った。「パッパ、何であの人たちはあんなに楽しそうなの？」

目の前の親子連れとは裏腹に、マックスと私はお疲れモードだ。マックスは裸足(ベアフット)に履くランニングシューズに、パジャマにしているTシャツで過ごし始めているし、私は私で、食べこぼしのついた短パンに、洗濯しすぎてよれよれになったぶかぶかのフィッシングシャツ姿だ。こっちのほうが楽だから。

結婚していないけど主婦をする、中年女のお楽しみはもう消えていた。たとえば、農家の直売所で野菜をじっくり眺める静かな時間。犬たちとヘイヴンス・ビーチを散歩して、キラキラとオレンジ色に輝く足の爪みたいな、完璧な形の貝殻を見つけること。ほろ酔いで、ポップミュージックに合わせて踊ること。要するに、心身を今ここに向けて、穏やかに健やかに過ごすこと。それは、中年があと30年生きるために、意識してやるべきことだとされている。でも、**どれもこれも子育てではなく、自分育てに費やす時間があることが前提だ。**ところが、今は朝起きると、やるべきこと、買うべきもの、直すべきところ、片づけるべき場所の、やたらと長いリストが待っている。

それでも、最大の心配事は、やはり少年だった。少年と私はそれほど親密じゃないし、ほとんど話もしないし、そんなに好かれてない自信もあるけれど、安全を確保してやらなくてはいけない。いや、何よりも、幸せでいてもらわなくてはならない。

いつの間にか、いわゆる「母親脳(マミー・ブレイン)」になってしまったようだ。

たとえば2日前。また午前中に釣りキャンプに参加した彼を迎えに、マックスと波止場に行くと、ほかの子たちを観察している自分に気づいた。みんな、あの子のことが好きかな？　あの子と話をしている？　それとも、あの子はずっと1人ぼっち？　あら大変。友達はいるのかしら？

気づいたのは、少年がほかの子たちとは違って見えることだ。みんなよりやせてるだけじゃない。感性が違うというか、何だかあか抜けない雰囲気なのだ。これはひとえに、父親が洗濯しているせいだろう。乾燥機の中で一晩寝かせた服がしわくちゃだからだ。

でも、もう一度ほかの子たちをチェックして思った。それがどうしたの？　少なくとも、少年は頭がいい。しかも、飲み込みが早い。自転車も、テニスも、パドルボードも、飛び込みも、釣りも、マスターしてしまった。私たちがもし大自然の中で暮らす家族だったら、少年の存在が重宝したことだろう。釣りキャンプから、「両親」に食べさせる魚を2匹以上持ち帰らない日は、1日もないのだから。教えてほしい。こんなことができる子が、一体どれくらいいるだろう？

12日目──私に子どもがいたら……？

荷物がいくつか届いた。マックスがビリビリッとカッターで開けて、ピーナッツ型の発泡スチロールの粒をどけようと、大きくて重たいサラダボウルに入れ始めた。私ならサラダボウルは使わないけど、指摘するのはやめた。その代わり、彼が父親としてどれほど思いやり深くて、どれほど優しく息子に教えているかを思い出した。そして、自分に言い聞かせる。私はこうやって少しずつ、幸せな家族体験をさせてもらっているのだ、と。それに、私の人生はきっと破綻したりしない。たとえ締め切りが守れなくて、極貧に一歩一歩近づいてしまっても。

マックスが買った物の一つを取り出して、包み紙を破ったから、私も身を乗り出した。彼がそれを持ち上げて、息子に言う。「見てごらん。盆栽だよ」

「ボンサイって何？」と少年が聞く。

「盆栽っていうのはな、背が低い木のことさ。世の中に小人がいるのは知ってるだろ？

盆栽も同じようなものだけど、木なんだよ」。私なら、そういう言葉は選ばないけど、少年の前でマックスを批判しちゃいけない、とすでに学んでいた。ほんのわずかでも批判すると、少年が怒るのだ。

きのう、汚れたオーブンの天板を洗っていたら、マックスがカットしたスモモと桃にアルコールをぶっかけているから、うっかり「ヘンな人（ウィアード）」と言ってしまった。すると、少年がたちまちむきになって、「表へ出ろ」というジェスチャーをした。

「どうしたの？」と私。

「パッパのことで、間違ったことを言うな。ぼくのパッパはウィアードじゃない」

「ウィアードって悪いことなの？　ウィアードは、いいことだと思うよ」と私。

少年は、疑わしそうに私を見た。「じゃあ、パッパのこと説明してみて」

これは引っかけ問題よね？　と私は早速怪しんだ。「えっと、マックスはたくさん旅をしているから、ジェームズ・ボンドみたいな人よ」

反応がない。そのあと、こう尋ねてきた。「パッパはオタク（ナード）？」

「たぶん、ちょっとナードだと思うよ」

「ナードっていいこと？　悪いこと？」

「いいことよ」と、彼を安心させようとした。

すると、「じゃあ何で、ぼくのパッパをナードじゃなくてウィアードと言ったの？」

すっかり、やり込められてしまった。

マックスと少年が箱を開けている間、私は色鉛筆とメモ帳を手に取ると、プードルたちの絵を描き始めた。少年は退屈して、私が何をしているのかを見にきた。それから、自分もラクダの絵を描き始めた。

家はしんと静まり返って、サラサラと紙に鉛筆を走らせる音だけが響いている。これはなかなかいい、と思った。リビングに静かに座って、お絵描きするのも悪くない。私に子どもがいたら、またスケッチの腕を磨くのだろうか？　そのうちプードルがヘンテコになったので、代わりに馬の頭を描き始めた。

絵を描いているうちに、私は考え始めていた。私とマックスと少年が、こんなふうに一緒に過ごす時間が増えたら、どうなるのだろう？　それに、少年の母親は、この状況を本当はどう思っているのだろう？　何だかんだ言って、私はマックスの元カノだ。彼女は心配じゃないのだろうか？　マックスと私がよりを戻して、この子を育てると言いだしたら……？

「その人、美人なの？」と私はマックスに聞いた。

「誰？」

「彼のお母さん」

マックスは肩をすくめた。「アイスランド特有の美人だな。あそこは、みんな美しいんだ」

マックスから彼女の名字を聞き出して、オンラインでいくつか画像を見つけた。もちろん、ハッとするほど美しい人だった。

新しい紙を取り出して、少年の横顔をスケッチしようとした。少年が、何を描いているのか見ようと身を乗り出した。「それ、ぼくのつもり?」とムッとして言う。「鼻を大きく描きすぎだよ」

「ええ、その通りね」と私も認めた。「バランスを間違えちゃったよね?」

少年がため息をつき、私もハァッとため息をついた。私は仕事部屋へ戻り、少年も父親のところへ戻った。たぶん、私の悪口を言いに。

14日目——子どもと男は似ている

前日の夜からの激しい雷雨で、キャンプサイトがぐしょぐしょになっている。納屋も水浸しになったから、たくさんのほうきを使って、手作業で水を掃き出さなくてはいけない。

これも、なぜか私にしかできないとされている、やらねばならない作業の一つだ。

男たちは、テントを何とかしなくてはいけないから。

でも、自分の仕事を終えて家に戻ると、驚いた！　なんとマックスがみんなのために、おいしいＢＬＴサンドをつくってくれていた。しかも、あとで食べるぶんまで余分に用意してある。彼が本当に素晴らしいパパだと判明したところで、3人でサンドイッチをほおばって、夕べの嵐について話をした。マックスは電気の仕組みについて息子に説明しようとしている。

私はにっこりした。マックスが「キッチンを片づけるよ」と申し出てくれたので、執筆にも取り組める。10分ほど、平和に過ごした。

ところが、「早く来て！」とマックスが叫んだ。「何？」。私は息をのんで、慌てふためいて外へ出て、マックスの後を追った。「どうしたの？」

マックスがテントのフラップをめくった。中をのぞくと、テントが防水じゃないせいで、びしょ濡れになった服が散乱していた。つまり、午前中いっぱい、洗濯に取られるということ。

「さあ、みんな！」と私。2人を励まそうと、努めて明るく、監督らしい声で言う。「この服を全部テラスに運んでくれる？　そしたら私が、洗濯を始めるから」

マックスがにらんだ。「これは稲妻と濡れたテントの安全性について教える、またとない機会なんだ。あっちへ行っててくれる？」

30分後、どうなったかチェックしに戻ると、2人は何もしていなかった。何をしていたのかは知らないが、びしょびしょの服をテラスに運んではいない。

「ねえ」と私。「そろそろ取りかかってくれない？」

するとマックスが突然、かんしゃくを起こした。「君がここを工場みたいに仕切ってるとは知らなかったな。俺は今、息子と議論してる最中なんだ！」

「そう、それも結構でしょうよ」と私も言い返した。「今日の前に、4回分の洗濯物がたまってなければね」

怒り狂って、仕事部屋へ戻った。


子どもと男には、たくさんの共通点がある。たとえば、計画に手をつけて最後までやらないこと。面倒をほったらかして、ほかの誰かに片づけさせること。何が「面倒」なのか、もしくは、何が面倒を引き起こしているのか、てんでわかっていないこと……。


そしておそらく、そのどれもこれも問題ではない。自分が「お世話役」を引き受けていなければ。「お世話役」というのは、母親みたいに誰かのものを片づけて、文句一つ言わずに他人と他人のニーズを最優先させることだ。たとえ「他人のニーズ」のせいで、「自分のニーズ」を満たす時間が減ってしまっても。

要するにそれは、自ら進んで「二流市民」になるということ。二流市民というのは、誰にも感謝されない人のこと。本当にキツい仕事をこなしている人のこと。そして、ほとんど評価されていない人のこと。一つ言わせてもらおう。女性たちは「母の日」を、私たちの共感や涙腺をつついて何百万ドルももうけている男が経営する企業から取り上げて、本物の母親たちに返すべきだ。そうすれば彼女たちも、必要な助けが得られるというもの。

5分後、心の中で悪態をつき終わった頃、マックスが濡れた洗濯物の山を運んできた。そして、洗濯機に放り込むのを手伝ってくれた。

私は自分に言い聞かせた。「深呼吸して。何もかもうまくいくから」

仕事部屋に戻るとき、マックスがテーブルに残したサンドイッチが目に入った。ベーコンをひと切れつまみ食いして、思った。何だかんだ言って、今日もいい日になりそうだ。

そして3分ほど、平和に過ごした。

「うわああっ！」とマックスが叫ぶ声がした。

「どうしたの？」と慌てて飛び出すと、彼が言った。

「君の犬が、俺のサンドイッチを食ったんだ！」

15日目――人生にパターンがほしくなる

本当にもう月末？　いつの間にこんなに時間がたったのだろう？　そして、いつの間にこんなに心を揺さぶられるようになったのだろう？

よく晴れた、日曜の午後2時。マックスと私は、観覧席の上のほうの端っこに恐る恐る腰かけて、少年がスポーツ合宿で表彰されるのを待っていた。ほかの親たちが、こんなふうに試合を観るのに慣れっこなのはひと目でわかった。みんな観覧席の真ん中あたりに固まって座り、わが子の名前だけでなくほかの子の名前も知っている。私に子どもがいたら、私にとっても、きっとこれが人生だったのだろう。野球帽をかぶって、家族の一員として、緑豊かなグラウンドに座る。親たちはみんな、とてもいい人たちに見えた——子どもには、大人を行儀よくさせる何かがある——が、みんなマックスや私より10歳は若い。どの顔も、「こんなすべてが、いずれ実を結ぶ日が来る」という希望に、まだ輝いている。

片や私とマックスは……私たちは目立っていた。どこに座ればいいのか、何をすればいいのか、わからないのだ。本当の親ではない私は、「本物の親なら、こんなことで迷わないんだろうな」と思った。人生にパターーンがあるのがうらやましい。おそらく、先が見渡せるだけでなく、心安らかに過ごせるはずだ。子どもがいたら、人生で何をすべきかがわかる。何が、いつ起こるかも。

でも、**子どもがいない独身者の場合、パターンというものがない**。物事がどんなふうに起こるのかがわからない。そういうわけで、監督が少年の名前を呼ぶのを待つ間、私は心配でそわそわしていた。もし少年が呼ばれるのが最後になったら？　監督がうっかり、彼を呼ぶのを忘れたら？　少年が呼ばれる前に、トロフィーの数が足りなくなってしまったら……？　私の胸は張り裂けてしまうだろう。そんな事態に陥ったら、監督とけんかしなくてはならない。監督を叱りつけなくてはならない。

「ねえ！」と私が叫ぶと、「ねえ」とマックスも私をつついた。「ビデオを撮らないの？」って。

17日目――休暇の終わり

火曜日、少年と父親は、地元のタクシードライバーが運転するボロボロのグレーのワゴン車で帰っていった。「こんな車でニューヨークシティにたどり着けるの？」という思いがふと頭をかすめたけれど、例によって心配しているのは私ひとりだった。

いずれにせよ、ほかに選択肢はない。自転車と二つのテントとでき上がった立体模型を乗せるスペースが必要だから。立体模型は、マックスと少年が上手に段ボール箱にしまっていた。

2人はワゴン車に乗り込み、バタンとドアを閉めた。私は玄関の階段から、ワゴン車がバックで慎重にドライブウェイを下りていくのを見守った。そして手を振ったけれど、そこに長居はしなかった。

そのままパソコンのところへ行って、少年のために撮った動画を観た。

動画は、新しい発見をくれた。この休暇に、マックスと私が望んでいたすべてが詰まっているように見えたからだ。裏庭には二つのテントと二つのバーベキューグリルとバドミントンのネットがあって、本物のキャンプサイトに見える。そして少年は、キティの家の前の入り江で、プードルの1匹と一緒に、パドルボードを学んでいる。それから港で、釣り船を降りたばかりの少年が、自分で釣った2匹の大きな魚を見せている。そして最後に、運動場の端っこを歩いて、サッカー合宿のトロフィーを受け取った。

全編を通して、少年が幸せなのが伝わってきた。笑って、冗談を言っている。彼は楽しんでいたのだ。

それから、マックスも映っていた。愛すべきマックス。彼も楽しんでいた。誇らしげに腰に手を当て、生まれて初めて補助輪を外し、通りを端から端まで自転車で走る少年を見守っている。

この子はずっと、私を覚えているだろうか？　たぶん忘れてしまうだろう。たとえ覚えていたとしても、初めて自転車に乗った夏に泊まっていた家の、ヘンなおばさんとしてだろう。

でも、**誰の人生にも、そういう人って必要じゃない？**

私は動画ファイルに――「ダグマー」と――少年の名前をつけて、「保存」ボタンを押した。

第8章

新しい彼氏

マリリンと私に、彼氏ができた！

これはちょっとした奇跡だ。「理想の彼氏」ができるまで、2人とも自分のことを「筋金入りのシングルガール」だと思っていたから。マリリンも私も、男性とつき合うなんて想像できなかったし、恋人を必要としていない自分をほめてすらいた。もちろん、たまには——残りの人生ずっと1人で寝ることになるのかな、と——ちょっぴり落ち込む日もあったけれど、そんなときは分別のある素敵な女性らしく、自分にこう言い聞かせた。

「ベッドがあるだけ幸せよ」

ベッドどころか、自分の家に自分の部屋まであるのだから。

未来の自分の隣に男の人がいるなんて期待していないから、2人とも男性に目を向けていなかった。紹介のたぐいは断わっていたし、出会いがありそうなバーにもレストランにも足を向けなかった。たいていキティの家に集まって、「お金が入ったら家をどうリフォー

ムするか」なんて話に花を咲かせていた。

つまり、出会いのチャンスを限りなくゼロに近づけていた、ということ。

でも、それでよかったのだ。独身男性を少々リサーチしてみたが、見込みがあるとは思えなかった。とくに、年相応の男たちは。問題はどうやら、カブたちと違って、中年男性がいまだに「50を超えた女なんて……」と思っていることにありそうだ。とくに、年下の女性との出会いに恵まれている人たちは。彼女たちなら、若いだけでなく、子育て中心のライフスタイルをもう一度、イチから一緒に始めてくれる。

棄(ホット・ドロップ)てられた魅力的な男

たとえば、「ホット・ドロップ」。自分から離婚話を進め、すでに新しい彼女もいる、なんて男性と違って、ホット・ドロップとは、思いがけずシングルになってしまった男性のことだ。妻が亡くなったり、妻が不倫に走ったり、誰かと恋に落ちてしまったり。いや、単純に夫に飽きて、「あと30年どころか、1日も同じジョークを聞いていたくない」と思ったのかもしれない。いずれにしても、彼は独身かもうすぐ独身になる予定だけれど、それも長くは続かない。

なぜなら、ホット・ドロップにとくに悪いところは見当たらないから。むしろその逆だ。

いいところだらけかもしれない。キティはアートイベントの初日に、偶然ハロルドと再会して、そう思った。

ハロルドに会うのは久しぶりだったけど、すぐに彼だとわかった。髪は都会的でおしゃれなスタイル。今は白髪交じりだけれど、顔はほとんど老けていない。そして今も美術界で大きな仕事をしている。「ぼくも離婚したんだ」と言われたとき、キティは「ツイてる！」と思った。その昔、同じ界隈にいた頃、彼にほのかな恋心を抱いていたのに、そのうち接点を失ってしまった。でも、今こうしてめでたく再会できた。

ただし今回は、互いにスマホで子どもたちの写真を見せ合っている。キティの娘はもう30を過ぎて結婚しているけど、ハロルドの娘はまだ本物の子どもだ。アグネスという10歳のかわいらしい子に、キティは突然、母性本能をくすぐられた。こんなに利発そうで魅力的な子なら、もう一度ママをやるのも悪くない――そう思っている自分がいる。

2人で飲もうと、オープニングパーティを後にしたとき、キティは思った。「運命が変わるかも」

ハロルドは、明らかに興味を持ってくれていた。バーでは、大事なことを言うときは、ずっと指でキティの手に触れていたし、おやすみのキスもちゃんと唇にしてくれた。

あの晩キティは、ベッドに入って妄想した。ハロルドと恋に落ちて結婚する。そうすれば、ミドルエイジ・マッドネスにまつわるすべての問題から一足飛びで抜け出せる。そんな幸運に恵まれちゃダメ？　このまま素敵な関係になって、中年のデートという難局を、無傷で乗り越えるのだ。

ところがその後、ハロルドからは一切連絡がなかった。キティは3度メールを送り、電話も2回したのだけれど。

半年後、別のアートイベントの初日に、またばったり顔を合わせると、向こうは女性と一緒だった。彼女も、都会的でおしゃれな髪型にしている。ただし若い女性らしく、顔にはしわ一つない。25歳にも満たない子だ、と思った。

だから、ハロルドと女性を見比べて、ついこんなふうに言ってしまった。「お2人はどういうお知り合い？　ご親戚なの？」。つまり、ハロルドがおじに見えた、ということ。

若い女性は、不快感をあらわにして言った。「私たち、婚約してるの」

彼女が立ち去ると、ハロルドが「気にしないで」と言ってくれた。そして、ティーンエイジャーにしか見えないフィアンセは、もうすぐ40歳だとわかった。ハロルドは晴れやかな笑顔を向けると、こうささやいた。「もうすぐまたパパになるんだ」

そう、これがホット・ドロップの問題点だ。彼がどんなに年相応で、**あなたがどんなに素敵でも、彼はドライヤーで髪を乾かすより速く、新しい恋人どころか、ちゃっかり家庭をつくってしまう。**

父親くらいの年の男とデートする？

ホット・ドロップ相手の勝ち目のない現実を見て、もっと有利な戦いを選ぶ女性たちもいる。そう、15歳、20歳、場合によっては25歳上の男性とデートするのだ。だから、**今あなたが中年なら、相手は70歳？　75歳？　いや、80歳かもしれない。**

そんな年齢で「デートしている」男性がたくさんいるなんて、夢にも思わないだろう。でも、人口構成に目を向けてほしい。１９４６～64年生まれのベビーブーマー世代が大挙して熟年を迎えていることを思えば、35歳みたいにふるまう60代、70代、さらには80代の男性が大勢いたっておかしくない。

私も、60代前半のご夫婦が開いたパーティで、そんな男性と出会った。パーティには、たくさんの50代の独身女性とＳＡＰ（年配の現役選手〔シニア・エイジ・プレイヤー〕）が2～3人参加していた。ＳＡＰとは、裕福な年配の独身男性のこと。「金持ちだ」とプロフィールに書き足せるくらいお金を持っていて、以前の華々しいキャリアには及ばないものの、たいていまだ企業でそれなりの仕事をしている。どうやら私も、パーティでそんな男性の1人と話したようだ。数日後、パーティを主催したロンから連絡があったから。「アーノルドが、君とデートしたいそうだ」

ロンは、この話にわくわくしていた。しかも感動している。アーノルドはかなりの大物で、ロンも心から尊敬しているという。学生時代はアイビー・リーグ〔アメリカ北東部の八つの名門私立大学の総称〕のアメフト選手で、その後は石油王で新聞王でもあったから、パーク・アヴェニューでパーティを開く女性たちはみんな、いつだって彼を招いている。引く手あまたの人物なのだ。

そういえば、思い当たる人がいた。背が高くてがっしりした、何だか偉そうでとげとげしい、明らかに年上の人。私には年配すぎる、と思った記憶がある。

「おいくつなんですか？」と尋ねてみた。

「私よりほんの少し上だから、68？」とロンが言う。

こういうとき、男性はだいたい年齢を偽る。ごまかすのはいいけれど、どういうわけか「インターネット」という真実を語るツールの存在を忘れている。というわけで、ググってみたら案の定、アーノルドは75歳だった。

つまり私より、うちの父の年齢にずっと近いということ。父は83歳だから、アーノルドと八つしか違わない。とはいえ、2人は似ても似つかないけど。うちの父はとても保守的だけど、アーノルドは違うみたい。ロンによると、昔は「スタジオ54」に通う、少々ワイルドな男性として悪名を馳せていた。そして、今でもかなり年下の女性たちとデートしていて、最後につき合った相手は45歳だという。

「一体どうやってるんだろうね？」とロン。

「確かめるなんてごめんよ」と、思わず言いたくなった。

そういうわけで、お断りしようとした。ところが、中年になっても仲間からの圧力（ピア・プレッシャー）があるなんて思いもしなかった。ことデートに関しては、やたらとプレッシャーをかけられるのだ。

仲間たちが、繰り返し言い聞かせてくる。「デートするのはいいことだし、誰かが誘ってくれるなんて、素晴らしいことじゃないの」と。「最後に誘われたのはいつだった？」「もちろん、行くべきよ」「デートしたからって、損しないでしょ?」。そしておなじみの「やってみなくちゃわからない（ユー・ネヴァー・ノウ）」攻撃だ。

言うまでもないが、**「やってみなくちゃわからない（ユー・ネヴァー・ノウ）」の問題点は、やらなくてもだいたいわかるってこと。**

私もわかっていた、というか、これについては自信があった。相手がどんなに素敵でも75歳の男性とデートなんかしない、と。転倒でもされたらどうするの？　**見ず知らずのお年寄りの介護に専念するために、これまで頑張ってきたわけじゃない。**

でも、そう説明しようとするたびに気づくのだ。そんなの年齢差別だし、決めつけてるし、愛と希望に反旗を翻しているように聞こえる、と。

つまり、私はわかってない？　そう、私は、何が起こるかわかっていない。もし彼と恋に落ちたら？　その場合、年は関係ないのでは？　それに、くらくらするような恋の幻想より現実を大事にするような底の浅い女にはなりたくない。それに、ロンが諭してくれるように、「アーノルドほど力のある」男性が、私と一緒に過ごしたいなんて、光栄だと思わなくては。

デートに備えて、私はサッシーの家へ行き、一緒にネットでアーノルドの写真を見た。どの写真も30年ほど前のものだったが、やはり彼は大物で、思いのほかハンサムだった。「わぁっ、実は最高に素敵な人かもよ。先入観を持たないほうがいいよ」とサッシーが言った。

そういうわけで、デートの段取りの交渉を始めた。うちの近所のレストランに行ってもいいのだけれど、アーノルドがどうしても「家を見せたい」と言う。彼の家は、15分ほど離れた別の街にある。「車で迎えに行くよ」とアーノルドは言った。彼が住む街まで連れていってくれて、夜は望めば泊めてくれるし、翌朝家まで送ってくれるという。

お泊まり？　よく知らない75歳の男性と？

それは無理。

何とか交渉して結局、私が自分の車でアーノルド邸まで行き、2人でレストランまで歩いて、また彼の家に戻る。それから、私が自分で運転して帰る――ということになった。

「あるいは、うちに1泊する」と、ご親切にもう一度提案してくれたけど。

この段取りを話すと、サッシーに叱られた。「何で迎えにこいって言わなかったのよ？」

「相手が、夜は運転しないって言うから。その場合、迎えにきてもらったら、私は身動きが取れなくなる。彼の計画に合わせることになるから。でも、自分の車があったら、いつでも逃げ出せる」

実はデートの時間も、彼の希望よりずっと早い6時からにしてもらった。アーノルドは8時スタートを望んでいたけど、そうなると、11時頃までデートが続くことになってしまう。「ベッドタイム」と見なされるような時間まで、アーノルドと一緒にいたくなかった。

アーノルド邸のドライブウェイに入ると、彼が外で待っていてくれた。とても親切だと感じたけれど、どうやら駐車する場所を指示したかった模様。レッカー移動されたり、ご近所にクレームを入れられたりしないように。

そして一緒に、家の中に入った。アーノルドはドアを閉め、カシャッと鍵をかけた。サイコキラーだった、なんてオチがなければいいけど。

つい、エマがオンラインで出会う男性たちについて、話していたことを思い出した。サイコキラーじゃなければいい――この発想が、どんな年齢の、どんな人たちが、どんな手段でデートしても頭に浮かぶあたりはすごい。

でも、アーノルドが75歳の殺人鬼だとしたら、私を殺すなんてかなりのおバカさんだ。

このデートのことはみんなが知っているから、真っ先に疑われるのは彼だ。私は深く息を吸って、「感じよくしようね」と自分に言い聞かせた。

気分がよくなかったからだ。居心地が悪いし、何かあったら対処しなくちゃとちょっぴり身構えてもいる。何だか自分に腹が立ってきた。たった3時間、食事をするだけだとしても、何でこんな状況に自分を陥れてしまったんだろう？　私は一体どうしてしまったのだろう？

でも、ロンが言ったことを思い出した。それは、私のような女性たちに社会が言う言葉だ。「**アーノルドみたいな男性とデートできるなんて、感謝すべきだよ**」

そういうわけで、いつも通りにふるまった。そう、彼が所有する現代美術（コンテンポラリーアート）をほめたのだ。アートは彼がかつてギャラリーを所有し、アーティストたちとつるんでいた頃に買ったものだ。それから、珍しい蔵書にも「わぁ、すごい」と声を上げた。「家の中を案内しようか？」と言われてうなずく。どの部屋も窓と金属とガラスを多用した男性的かつモダンな空間で、ちり一つ落ちていない。すべてのものが定位置に置かれ、その定位置も、長らく変わっていないことがうかがえる。

空間は広々としているけれど、家はそれほど大きくなかった。ツアーが始まって数十秒後には、彼の寝室にいた。

壁一面の窓からは、広大な芝生と庭が見える。「素晴らしい眺めですね」

でも、この景色は、この寝室の一番いいところではないという。

「この寝室の一番いいところを知りたいかい？」とアーノルドが聞いた。

「もちろん」と、私も果敢に答える。

アーノルドがにやりとして、「ベッドだよ。もう20年も使っている」と誇らしげに言った。「このベッドは私に、幸運をもたらしてくれた。私はこのベッドの上でたくさん、素晴らしいセックスをしてきたんだよ」。アーノルドは少し黙って、意味ありげに私を見た。

「そして今後も、もっとたくさんできればと思っている」

私はベッドをさらによく見た。シーツに軽くしわが寄っている。この人、私が来る前に〝一発〟すませたんじゃないの？　と思わずにはいられない。裸のアーノルドがシーツの上で、白い大きなおなかをふるふると左右に揺らしている姿が目に浮かんだ。

「やりますねえ」と私。そして「何か飲み物をいただけます？」とお願いした。

キッチンのカウンターには、栓を抜いた赤ワインのボトルと、グラスが二つ用意されていた。そこには、誰も使っていないキッチンが放つ、あの埃っぽいような、ほったらかしにされたような空気が漂っている。

「ごめんなさい、私、赤ワインは飲まないんです。白かロゼしか」と私。

「でもロンは、君が赤ワインを飲むと言っていたよ。彼に聞いたら赤ワインを飲むと言うから、出かけて一緒に飲むいいワインを買ってきたんだ」

思わず言いたくなった。ロンは私のことをなんにも知らないから、私の好きなワインをロンに聞いても無駄だってば。もちろん言わなかったけれど、交渉を試みた。

「もしあるなら、白ワインがいいんです」

「ほんとに赤は飲みたくないのかね？　とってもいいワインなんだが。それから、心配しないで飲んでくれ。いつだって、ここに泊まっていいんだから」

「ハハハハッ」

激しい苛立ちで目まいがしたのを、皮肉まじりに笑い飛ばした。何とか言い訳して家に帰れないか考えたけど、うまい言葉が見つからない。私が「おかしなやつだ」と思われたり、この組み合わせをよしとしているコミュニティから反発を食らうのはマズい。

要するに、**アーノルドから逃れるために、村八分にされる心の準備はまだできていなかった。**

次に、プールへ案内された。小さくて、インゲン豆みたいな形のプールだ。「泳ぎたいかい？」とアーノルドが聞いた。

「いえ、結構です」

「どうして？」

「水着を持ってないから」

「裸で泳げばいいじゃないか」

「それは無理」

「来たいときにいつでもここへ来て、泳いでくれていいんだよ」と、寛大な笑みをたたえて言う。私の猛烈な不快感には、まるで気づいていない笑顔だ。

「アーノルド」。私はため息をついた。「ここへ来て、あなたのプールで泳ぐことは絶対にないわ」

「どうして？」

「小さすぎるもの。私は何往復も泳ぐのが好きなんです。申し訳ないけど、あなたのプールはバスタブみたい」

アーノルドは思わせぶりに笑った。彼のような男性のいいところは、言いたいことをぶつけてもバカにされたなんて思わないところだ。**とにかく傲慢で自信満々だから、女が自分をバカに「できる」なんて、1ミリも思わないのだ。**

60歳の女は75歳の男からも対象外

2人でゆっくり散策しながら、レストランへ行った。

「君は若くてハツラツとしているね」とアーノルドが言った。「運動してるんだろうね。君はいくつなんだい？」

「もうすぐ60です」

アーノルドは、あっけにとられたようだ。

どうやらロンは、アーノルドの年だけでなく、私の年もごまかしてくれたらしい。違っていたのは、私には「ググる」という常識があるけど、アーノルドにはないこと。

「そうか、それは素晴らしい」とアーノルド。「私たちは同じ場所にいる。**2人とも、茶飲み友達を求めてる**」

悪気はないのかもしれないが、年齢にまつわる失言の中でも最悪なのは、「あなたはもう恋愛や恋愛にまつわるすべてを手放して、その劣化版である茶飲み友達で我慢するしかないんですよ」と気づかせるようなひと言だ。

恋愛関係とは、一緒に何かを成し遂げるイキイキとしたパートナーシップのことだけど、茶飲み友達は違う。一緒にいるけど、2人でただ座っているだけ。

言うまでもないが、アーノルドのような男性は、何一つ我慢する必要がない。

アーノルドは、長年若くてセクシーな恋人とつき合ってきたが――本人いわく「今でも望めば、25歳の子とつき合える」けれど――ある日ハッとした。当時は35歳の女性とつき合っていて、何もかもうまくいっていたけど、気づいたという。**彼女に何も話すことがない**、と。しかも、たまたまではなかった。35歳に満たないどんな女性とも、話すことがないのだ。相手が若すぎるから。そういうわけで、はなはだ不本意ではあったけれど、条件を見直し、女性の年齢を上げることにした。だから今は、35歳から場合によっては50歳までの女性と、デートしたいと考えている。

私は、まじまじとアーノルドを見た。年齢よりかなり若く見える男性はいるし、魅力的な75歳もたくさんいるけど、アーノルドはその1人じゃない。アイビー・リーグのフットボール場で輝いた日々は、とうの昔に過ぎ去った。彼には、どんなセックスアピールも感じなかった。とはいえ、**世の中はひそかに結託し、男性には実際よりほんの少しイケてる、と伝えるものだ。女性には実際よりほんの少しイケてない、と伝えてくるくせに。**

でも、私は世の中じゃない。

「あのね、アーノルド。あなたとセックスすることになってる、その25や35の、いえ、45歳の女性たちでさえ、本気であなたに惹かれてるなんて、まさか信じてませんよね？」

アーノルドは少し考えて、不思議なことにうなずいた。そしてこう言った。「たとえ女性たちが本気で私に惚れてないとしても、社会システムがやっぱり私に味方してくれる。そうなる理由はね、女性たちが欲深いからだよ」

アーノルドの説明はこうだ。世の中は、不動産屋とか美容師とかヨガのインストラクターとか、まあまあな仕事をしている女性たちであふれている。彼女たちの多くは子持ちだけれど、元夫が養育費を払わないとかアルコール依存症だとか、山ほど悩みを抱えている。みんな生活できてはいるが、もっとずっと素敵なライフスタイルを求めている。自分ではできないような、素晴らしい暮らしを。みんな、高価なハンドバッグがほしいのだ！　そしてそこに、アーノルドと仲間たちの出番がある。

あなたは思うかもしれない。功なり名を遂げたアーノルドは、苦境にあえぐ女性たちを思いやってるだけなんじゃないの？　と。でも、それは違う。アーノルドが女性たちを思い、女性たちについて語るとき、「セックスを利用して物欲を満たす、ハンドバッグ・コレクター」くらいにしか見ていない。

アーノルドは、自分も「利用されている」ことが、気にならないのだろうか？

なるわけない。だって、こう言ったから。**「男は、女が自分とセックスしている限り、『何で俺とするのかなあ』なんて考えないさ」**

さらに、こうも言った。「男は力を持ってる。ある女性が要求を満たしてくれなくても、必ずほかに満たしてくれる子が現れるからね」。金持ちの男が牛耳り、年を取っても牛耳り続けるシナリオができているのだ。「欲深な」女たちがほしがる――高価なハンドバッグみたいな――モノを、供給できる限り。

でも、世の中が変わって、収入の流れが逆になったら？　アーノルドではなく、子持ちの、大金を稼ぐすべがないはずの女性たちのほうに、富が流れ始めたら？　世の中ががらりと変わって、誰もアーノルドとセックスする必要がなくなってしまったら？

アーノルドは一体どうなるのだろう？

＊

私はサッシーの家へ行き、デートの一部始終を話して聞かせた。そして、「これって、昔ながらの、いつものやつだよね」と言い合った。ある男性のことを「ひょっとしたら意外な知性を持つ素晴らしい人なのかも」と感じたものの、結局はペニスを使いたいだけの、女性を見下すヤなやつだと判明する。「だから私、一度も結婚できないのよね」とサッシーは言った。男性としばらくつき合っても、自分の中に突然、ワイルドで誰にも支配されない強烈な何かが立ち上がって、言うのだ。「何で？」

「ついにわかったのよ。人生で本物のパートナーを持つなんて無理。恋愛関係って、そもそも男女が対等じゃないもの」とサッシー。「女性がママやお世話役にならなくちゃいけないし、相手がセックスしたいときは、自分もしたがらなくちゃいけない。そうなると、ある時点で心のどこかが騒ぎ出すわけ。『何で？　何で私があなたのために、こんなことしてるの？　私に何の得があるの？』って」

そう、それだ。恋愛関係において、女性が絶対に口にしてはいけないことになっている問い。——「私に何の得があるの？」

だって、誰も気にしていないから。そうじゃない？　**女性に何の得があるかなんて、そ**

れで得をしている人間がいる限り、誰も気にしない。

そういうわけでサッシーと2人、どうにもならない現実にぶち当たったとき、いつもすることをした。そう、大声で笑ったのだ。

夫という名の子ども（スパウス・チャイルド）

これもよくいるタイプだ。何にも束縛されず、自由にふるまっている男性のこと。ホット・ドロップと同じで、このタイプも望まぬ離婚に至るのだが、ホット・ドロップとの違いは、まあ、魅力的（ホット）ではないところ。

実際、「スパウス・チャイルド」はたいてい、相当だらしない。おそらく、驚くには当たらないけれど。要するに、女性たちがこんなふうにコメントする男性のことだ。「うちには3人子どもがいるの。2人はほんとの子どもで、1人は夫……」

ほとんどの結婚と同じで、スパウス・チャイルドの結婚生活も、最初はいい感じで始まる。共働きですべてを平等に分担する、今時の結婚生活をスタートさせるのだ。ところが途中のどこかで、おおむね2人目の子が生まれたあたりで、すべてが崩壊してしまう。たとえ妻が働いていても——ほぼ確実に働いているが——家事や育児の責任は、妻の両肩にどっしりとのしかかる。夫に「手伝って」と頼んだところで、ふくれっ面をしたり、キレたり、山ほど指示を求めてきたりで、自分でやったほうが楽だから。

　これが、「憤りの壁」の一つ目のレンガだ。

　もちろん、これが離婚の理由ではない。もしそうなら、ほぼ全員が離婚しているだろう。実のところ、**スパウス・チャイルドが厄介なのは、家の外では申し分のない優しい男性であること**。優しい男性がすることはすべて、完璧にこなしている。仕事にも行くし、子どもの学校行事にも参加する。休暇にも家族の誕生日にも——とにかく物理的には——そこにいる。つまり、誰の夫でもおかしくない、普通の夫だということ。

　ところが、家の中では別の顔を見せる。家事分担を守らないばかりか、時間がたつにつれて、あらゆる責任を少しずつ担わなくなるのだ。そこにいるけれど、いないのと同じ。頭も心もそこにはないし、セックスも不在だ。自分の身体を大事にしないし、何の努力もしないし、どんどんだらしなくなる。だから太って、「睡眠時無呼吸症候群」も悪化して、夜な夜ないびき対策マシンをつけて寝こけている。

　そのうち、お義理でこなしていたことすらしなくなる。

　一方、妻のほうは、夫の隣に横たわり、絶望しながら天井を見つめ、思いあぐねている。私の結婚生活は一体どうしてしまったのだろう？　何でこんなことになってるの？　一体どうやって元に戻せばいいわけ？

　妻が不幸だと気づいていても、夫は知らん顔をしている。理由は、自分もそれほど幸せではないけど、スパウス・チャイルド型の結婚生活が便利だからだ。妻が公言している通り、まるで子どもみたいに、ほとんど努力なしに自分のニーズはおおむね満たされている。それに、満たされないニーズについては、まあ、インターネットがそばにある。

このように、夫はいるけれどいないのと同じ、という状態ではあるが、夫は近いうちに家を出るつもりはない。

妻はそれを、本能的に知っている。そして、気づいている。**今何もしなければ、自分できっかけをつくらなければ、どんどん年を取ってますます不幸せになって、いずれクタクタの年寄りになって、ここから逃げ出せなくなる、と。**

だから、スパウス・チャイルドが「ホームオフィス」――こう呼ぶのは間違っている。そこで仕事を生み出したことなど、一度もないから――にこもっている間に、妻は考え始める。夫がいなくなってくれたらどんなに素敵だろう、と。夫が使っているクロゼットのスペースも、夫の後始末に費やしている時間も、すべて自分のものになる。彼が出ていって二度と戻ってこなければ、どんなにありがたいか。

そしてある日、夫は寝耳に水だろうが、妻から離婚を迫られる。

スパウス・チャイルドはうろたえて、かんしゃくを起こすだろう。彼の中では、自分に非はないから。すべては妻のせいだから。この手の夫は、離婚のときにひどいけんかをふっかけてくるだろう。家の中で決まりを守れなかったように、法廷内のルールにも従わない。

　というわけで、離婚のゴタゴタが永遠に続く。スパウス・チャイルドの弁護士でさえ、「うちの依頼人はどうかしている」と言いだす始末だ。

　面倒を見てくれる人がいなくなると、スパウス・チャイルドはボロボロになる。家を追われ、住む場所を失ったスパウス・チャイルドが、母親のもとに戻って、浴びるようにお酒を飲み始めるのは珍しいことじゃない。

　要するに、「男性版ミドルエイジ・マッドネス」を経験するのだ。

　いいニュースがあるとすれば、彼の見込みがゼロではないこと。母親と暮らし、隔週の土日に10代のわが子のがっかりした目を見つめるうちに、「負け犬にだけはなりたくない」と思い至るのだ。だから頭を冷やし、ジムに通い始める。それから仕事と住む場所を見つけ、買い物や洗濯の仕方を学ぶ。そうしてリハビリを終え、またデートの世界に戻る準備を整える。ここまで来たら、決して夢ではないだろう。ある女性の「元夫」で終わらずに、別の女性の新しい恋人になることも。

「理想の彼氏」現象

7月4日の独立記念日の週末のこと。みんなでキティの家に集まって、夏の目標を語り合った。

私の目標は、毎度のことだけど、とても立派とは言えない。「金持ちの家で開かれるパーティに参加して、タダでシャンパンを飲むこと」だから。すると魔法みたいに、ほーら来た！　マックスからのメールが。

マックスは突然スペインから帰国して、イースト・ハンプトンで開かれるテック系億万長者のお誕生会に出席することにした。そして「君も行かない？」と誘ってくれた。

翌日の午後、出かける準備をしながら、念入りにおしゃれしている自分に気づいた。これはもしかして、出会いに対するアレルギーが治まってきたサインだろうか？　このパーティは――キティの家の裏庭と違って――本物の出会いの場になるかもしれない。

いや、ならないかも。

マックスが少し遅れてきたので、バタバタと私の車に乗り込んでいると、彼が言った。

今日は「スペシャルK」という化学的につくられた合成ドラッグをやって、「Kホール」［ケタミンの過剰摂取で時空間や身体の感覚を失う状態］に入るから、君もつき合えよ、と。

無理。「私は、馬の鎮静剤なんかやらないわ」と答えた。

「ほんの少しだけだよ。最高の気分になるから。24時間眠りっぱなしになんか、ならないって」

「自分が何言ってるか、わかってる？」

「どうしちゃったんだよ？」とマックスが言った。「昔は楽しいやつだったのに」

仲間たちから「何でマックスとよりを戻さないの？」と聞かれるたびに「とにかく無理」と答えているが、理由はこれだ。世界中を旅して、バーニングマンだのイベントのトリだの億万長者のお誕生生会だのに参加して、「Kホール」になんか入っていられない。そんなの、私が望む人生じゃない。

億万長者の家につながる400メートルほどのドライブウェイを下りていくと、3度も止められた。三つの守衛グループが、リストで名前をチェックして、懐中電灯で車内を照らし、招かれざる客をこっそり連れて入らないか確認しているのだ。守衛の1人はなんと、トランクの中までチェックした。

「ちょっと、いい加減にして！」と私は嚙みついた。「私たち、もう中年なのよ。車の中に誰か隠しているように見える？」

男性は、私の顔を懐中電灯で照らしながら言った。「私が目撃した中年の行動をお話ししましょうか？　びっくりされると思いますよ」

家の裏側の広いテラスはホログラムとユニコーン型ライトで飾られ、宴もたけなわだった。大理石の焚き火台と、二つの南国風バー(ティキ)と、食事用のテーブルや椅子がたくさん置かれた大きなパティオがある。その向こうには特設テントがあって、ケータリング業者が一列に並んで食事の支度をしている。さらに奥へ行くと、オリンピックサイズのプールと屋根つきの屋外バーがあって、最後に高さ9メートルほどの生け垣がそびえている。

マックスはすぐに、何人かの「バーナー」に囲まれた。サーカス団みたいな格好をした、バーニングマン仲間だ。なぜかみんな、思いのほか若い。そこでハッとした。私の感覚がゆがんでいるのだ。30いくつの人たちと長くつるんでいないせいで、彼らがどんなに若く見えるか忘れていた。ありとあらゆることに対して、どんなにわくわくし、どんなに情熱的なのかも。

このギャップを埋めるには、絶対にシャンパンが必要だ。

人混みをかき分けて進むと、さらにたくさん30代の人たちがいた! でも、彼らはバーナーとは正反対のタイプで、恐ろしくまともだった。ボタンダウンシャツに青いブレザーをはおった中西部の保守層で、おそらくみんな既婚者で子どもがいる。

一体どちらの方向へ向かえばいいのだろう? スペシャルKをやっている奇抜なコスチュームの団体がいる、焚き火台のほう? それとも、「すべてはきっとうまくいく」って希望にあふれ、若々しい顔をしたカップルがいるところ?

突然、人生で初めてというくらい、疎外感を覚えた。そして、**本当に、本当に……1人きりだと感じた。**

そのとき、彼を見つけた。

「あの人」だ。あの人がいる。「あの人」のことなら覚えている。名前は忘れてしまったけれど、ほかのことは覚えている。たとえば、私がいつも「あの人」にどれほど興味津々だったか。あの人はとても背が高くて、ちょっとよそよそしい人だった。

みんなは彼のことを、「頭がいい」と言っていた。もう何年も前のことだけど、キティに連れられて彼の家で開かれたパーティに参加したことがある。そのとき彼は、私に家の中を案内してくれて、誠実に、対等に話をしてくれた。でも、そのあとキティに言われた。

「あの人はスウェーデンかどこかの、背の高い美女としかデートしないよ」

その彼が今、この家のほっこりするような黄色い光の中に立っている。微笑んでいるから、私に気づいてくれたのだろう。

今夜はどういうわけか、「あの人」は、私に会えてすこぶるうれしそうだ。本当に私に会えてうれしいのか、彼もほかに知り合いがいないのかはわからないけど。いや、そんなことはいい。私たちは夢中でおしゃべりを始めた。この夏は何をしているのか、どこに住んでいるのか。そして翌日の夜、どちらもF・スコット家のディナーパーティに招かれていること。彼はこの偶然を、喜んでくれたようだ。誰かに頼んで私とのツーショットを撮ってもらうと、F・スコット家に送った。「私たち、明日お目にかかるのを楽しみにしています」とメッセージを添えて。

でも、写真を見せられて、思わずうめいた。家を出たときは、セクシーに見えるつもりでいた。でも、どこが？　髪はもっさりしているし、あとでキティに見せたら「パッとしないわね」と言われそうなルックスだ。

その後は、明日も会うのだからと失礼し、またバーに戻った。そこであたりを見回して、「やっぱり誰も知らない」と改めて思う。共通の友達の友達すら、いそうになかった。

すると、「あの人」がすっと隣に現れた。「シャンパンをお持ちしましょうか？」。昔懐かしいラジオのアナウンサーみたいに、低くて心地よい声だ。

「ありがとう。でもほんとに、気を遣わないで」

「いや、遣わせてよ」と、とびきりの笑顔で言う。

そのあと、「理想の彼氏」は私のそばを離れなかった。ビュッフェの列にいる間は私の飲み物を持ってくれて、私のカトラリーがそろっているか確認してくれる。そして、一緒に座るテーブルも見つけてくれた。隣には、家の持ち主である本物の億万長者が座っている。彼はシカゴの出身で、大学生の娘2人と一緒にいたのだが、彼女たちが家の中を案内してくれた。寝室が15部屋もある、ブティックホテルのような内装の豪邸だ。大きなジムやサウナやスチームバスもあるし、マッサージルームも、ヘアメイクルームも、１００人を収容できるホームシアターもあった。キッチンには専属のパティシエがいて、お菓子やアイスクリームをつくってくれる。

これが、金持ちというやつだ。ほしいものは何だって手に入るのに、ほかのみんなと同じように、ただアイスクリームをほしがったりする。

さらに別の部屋に入ると、ディスコのようにしつらえてあるから、「理想の彼氏」と踊った。彼はとても上手だった。そのあと、彼が私の家の近所で開かれている別のパーティの話を耳にしたから、一緒に行くことになった。でも、まずはマックスを探して、「帰る」と伝えなくてはならない。

マックスを見つけたけれど、芝生の上に四つん這いになって、犬のまねをしていた。「なでなでして。なでなでしてよ！」と言っている。

「マックス！」。私はとげとげしい声を出した。

2人を引き合わせようとしたけど、マックスにその気はない。ウォォォーン、と月に向かって吠え始めた。

もういい。

「彼、大丈夫？　何かしてあげたほうがいいのかな？」と「理想の彼氏」が聞く。

「大丈夫。たぶんKホールに入ってるのよ。どうやら、常に入ってるようだけどね」

「わからないな」と彼が言う。「本当にあの人とつき合ってたの？」

「あれは……」と計算してみる。「15年、20年前？　とにかく、昔はああじゃなかったの」

「理想の彼氏」の車は、ドライバー付きだった。私たちは、次のパーティに向かう車中でキスを始めた。彼がキスが上手だから、私まで上手になった気がした。しばらく誰ともキスしていなかったから、このキスは希望をくれた。

パーティのあと、私を家の前で降ろすと、彼はとても不思議なことを言った。「君のことが本当に好きだよ。ぼくは人については直感が働くタイプで、あまり外したことがないんだ。君とぼくは、かなりうまくいくんじゃないかな」

「ハハッ。冗談でしょ」と、彼をドアの外へ押し出した。「私のこと、ろくに知らないくせに」

ベッドに入ってから思った。結局のところ、**私はまだ恋愛ゲームから脱落してはいないのかも。**

恋はつむじ風のように

翌朝目覚めると、「理想の彼氏」からメールが来ていた。「よく眠れたかな」というあいさつのあとに、「今夜の迎えの車を手配したから」と書かれていた。私がF・スコット家まで自分で往復しなくていいように、段取りをしてくれたのだ。これには少々戸惑った。彼のことをよく知らないのに、迎えの車をよこしてくれるなんて。

そのあと、キティの家に行った。「信じられないと思うけど、ある人とキスしたの」と言うと、「誰?」と問い詰めてくる。

「あなたが知ってる人よ」と説明を試みた。「あの人よ」

「あの人?」と、キティが目を丸くして言う。それから笑いだした。「『あの人』とキスしたの?」

「何がそんなにおかしいの?」

「あなたとあの人が? 私なら百万年生きても、絶対2人をくっつけようなんて思わない」

「でも、パーティで会って、キスしたのよ。それから、家まで送ってもらったの。そうしたら、F・スコット家に行く車も手配してくれるって」

「最高じゃない」とキティ。「じゃあ、一緒に行こうよ」

そういえば、キティもF・スコット家に行くことを忘れていた。

「ごめん」と、予定を思い出しながら言う。「その前に図書館で用事があるの」

「図書館で用事」というのは、作家のエリカ・ジョングとゲイル・シーヒーと一緒にやるパネル・ディスカッションのことだ。ブリッジハンプトン図書館で毎月行われているイベントの一つで、最初は「3人の女流作家」というタイトルだったけど、エリカが「性差別的だ」と感じたので、シンプルに「3人の作家」というタイトルになった。このイベントのことは、友達には話していない。夕方には寒くなって雨も降りそうだし、屋外のイベントだし、観客は教養のある年配層が中心になりそうだから。それなのに、「理想の彼氏」にはうっかりしゃべってしまったから、彼が来ることになってしまった。

おまけに、ややこしい段取りまでしてくれた。私を迎えにきた車は、私をブリッジハンプトンへ運び、そのあと彼をサウサンプトンで拾って、またブリッジハンプトンに戻る。そして彼は、図書館で私と合流する。その後、私たちは通りを渡ってマリリンとその妹に会って、それから車でウォーター・ミルへ行き、F・スコット家のディナーに参加する。

この流れのどこにキティを組み込めばいいのかわからないから、彼女に言った。「帰りは家まで乗せてくから、それでいい？」

予想通り、図書館のイベントはさんざんだった。気温がぐっと下がってしまい、きちんと備えてなかった作家3人は、客席から調達されたさまざまなコートやストールをこれ見よがしにはおることになった。

「理想の彼氏」は、終わり頃に現れた。背が高いだけでなく、数少ない男性の1人だから目を引いた。ちょうどそのとき、ステージの上の会話が、避けては通れない話題に変わった。そう、「男がどんなに最低な生き物か。でも、みんながみんなそうではない」という話。

私が「たぶん男性全員じゃないけど、結構な数の男がそうだよね」と指摘したら、「理のが見えた。

想の彼氏」がいかにも「老婦人」という雰囲気の女性から、いきなり声をかけられている

彼女はさっと彼のほうを向くと、こう言った。「あなたはとっても親切で、親身になってくれそうな男性に見えるのに、何でこんなところにいるの？」

「理想の彼氏」はアハハと笑い、「彼女に会いに来たんです」と私を指さして言った。

そのあとディナーの席で、私たちは、F・スコット家の人たちにこの話を披露した。すでにカップルになったみたいに。すると、「優しく絡んでくれるお客さんでよかったね」と言ってくれた。

こうして、つむじ風みたいにめまぐるしい恋が始まった。私の「理想の彼氏」は、すべてを完璧にこなしている。女性がロマンスに求める、ありとあらゆることをしてくれるのだ。花を贈ってくれるし、ミュージカル『ハロー・ドーリー！』を観にいった帰り道は、「ハロー、キャンディス！」と歌いながら、歩いて家まで送ってくれる。休暇には島に連れていってくれるし、一緒に「カップル・マッサージ」を受けたり、ヨガに行ったりもする。そして、こう言ってくれる。「君は長い間、甘やかされていなかったようだから、ぼくが甘やかしてあげる」

「でも、どうして？」と私。

「君は、甘やかされる資格があるからだよ」

朝になると、色とりどりのカットフルーツが入ったボウルが、私のために用意されている。そんなときは、つい思うのだ。**何で私なの？**

「わからないのよ」とサッシーに言う。「何でこんなに素敵な、年相応の男性にめぐり会えたんだろう？　お金も家も持っていて、とっても優しくて……しかも私の彼氏になりたいなんて」

サッシーは言った。「今まで、恋愛でも結婚生活でも頑張ってきたじゃない。あなたにふさわしい相手よ」

そうかもしれないけれど、誰もが知っている。**女性が素晴らしい何かにどれほどふさわしくても、それが必ずしも手に入るわけじゃない**。

私は、これといって欠点もなさそうな、素敵な独身男性に甘やかされる資格があるのだろうか？　もちろん、ある。それは、ほかの女性たちも同じだ。でもこれって、どれくらいの確率で起こることなのだろう？　まあ、めったに起こらないに違いない。

宇宙はなぜ、この特別なカーニバルの乗り物に、私を乗せてくれたのだろう？

そのあと、マリリンから電話があった。「新しい彼氏ができた気がするの」

結局、優しい人が一番？

私と「理想の彼氏」のように、マリリンたちもハンプトンズのとあるパーティで出会った。そして、私と「理想の彼氏」のように、2人には共通の知り合いがたくさんいるのに、接点がなかったのだという。これまでは。でもそのパーティで、マリリンと彼は3時間も話し続けた。そして翌日、その人が電話をくれて、「ビーチに散歩に行かない？」と誘ってくれた。ちょうど夕暮れ時で、空はピンク色に染まっていた。彼はビーチのそばに住んでいて、サーファーなのだという。

それに、ブルックリンにもアパートメントを持っていて、環境デザインをするかっこいいテック系の会社をやっている。年齢は64歳だ。

「年寄りすぎない？」とマリリン。

私は言った。「64歳なら、あなたが何年か前に別れた彼氏の、今の年齢じゃない？」。つまり、64歳と言えば年寄りに聞こえるけれど、実は若い頃に知り合った人たちの今の年齢だったりする。

とにかく、何の問題もない。この男性のいいところは、聞き上手なところだ。それから、よく気遣ってくれるところ。そして何より、彼も本当に、本当に優しい人なのだ。

こんなふうに、長らくほとんどデートもしていなかったマリリンと私に、なぜか彼氏ができた。2人とも、信じられなかった。もちろん、仲間たちも。

この新たな展開を分析しようと、キティの家に集まって、みんなで「理想の彼氏」の特徴をリストアップした。

1.「理想の彼氏」は優しい。そして、世間でも優しい男性として知られている。ゴシップがゴロゴロ出てくる、なんてことはないし、過去に浮気をしたうわさもない。小声で「ええ、でも最低の男よ」と言いふらす人たちもいないし、元妻などから総スカン、なんて男性とは違っている。

実のところ、「優しい」というのは「理想の彼氏」の大きな特徴だ。優しさは、20代や30代の頃にはあまり重視されないが、人が持っている最高の資質だ。優しさは、結局のところあまり優しくないと判明したこの世の中で、嵐から安全に守ってくれる。

2.「理想の彼氏」は大人だ。自分の人生も、住む場所も持っている。つまり、日々やるべきことをきちんとこなせる。たとえば、買い物。それから、皿洗いや洗濯。それに、自分の食事の世話も。

3.「理想の彼氏」は、アルコールやドラッグの依存症ではない。

4.「理想の彼氏」は、同年代の女性とつき合うことに興味がある。

たとえば、マリリンの友達のボブ。ボブは66歳で、年相応の見た目だけれど、エネルギッシュで、魅力的で、好奇心旺盛だ。ボブは、33歳の女性に追い回された話をしていた。彼女のメールに返信しなかったら、突然家に現れたので、「興味がないんだ」と5回は説明しなくちゃならなかった。彼女の思いはうれしいけれど煩わしくもあった。何しろボブは、自分が人生のどのあたりにいるのか、現実をしっかり見ているから。「俺を見てくれよ」とボブは言う。「たしかに健康だよ。だけど、彼女の父親くらいのトシに見えるし、実際、父親くらいのトシなんだ。あの子は一体何を考えてるんだ？」

そしてこれが、「理想の彼氏」とホット・ドロップの違いだ。ホット・ドロップなら、若い女性にコロリと誘惑される。この女性たちはたいてい、彼と子ども中心の生活を始めたがっている。でも、「理想の彼氏」は人生の別の場所に立っている。「理想の彼氏」は子どもをほしがっていないし、彼らとつき合う女性たちも、同じ気持ちだ。

たとえば、54歳のカーラ。彼女はシティで責任のあるポストに就いていたが、よくある運命のいたずらで結局独身に戻り、10代の息子とヴィレッジで暮らしている。その後カーラが立ち上げた小さな会社は繁盛していて、彼女は今、すべてをうまくやりこなしている。少なくとも、そう見える。

カーラはパートナーに何を求めているかを、今何を求めていないかで語っている。「私は、面倒を見てくれる男性を求めてはいないの。住む場所を与えてくれる男性も。それに、結婚したいとも思ってない」。カーラの結婚生活は、本人いわく「つらいことだらけ」だったから、今のところもう一度経験したいとは思っていない。とはいえ、1人にもなりたくない。

「対等な相手がほしいのよ」とカーラは言う。「荷物はきちんと半分持ってくれる人でなくちゃね。それに、精神的に支えてくれる人がいい。これまでの人生で学んだのよ。災難はみんなに降りかかるけど、それを1人で乗り越えなくていいなら、ちょっぴり楽に過ごせるって」

そう、それも中年のデートにまつわる、もう一つの現実だ。**災難は必ず起こる**。あなたがつき合いだした相手も、災難をすでに乗り越えたというだけでなく、あなたと関係を深めている最中にも、災難に見舞われるかもしれない。親を亡くす人もいるだろうし、仕事を失う人もいるだろう。もしかしたら、友達を亡くす人だっているかもしれない。

ちなみに私は、そのすべてに該当する。

ガンのクリスマスツリー

うちの父が死にそうになっている。20年前にガンを克服したのに、ガンがまた戻ってきたのだ。

ある日、父から電話があった。ガンが広がっているありとあらゆる場所を明らかにする検査を受けたところ、結果は思わしくなかったという。「キャンディ、私の身体がクリスマスツリーみたいに、あちこち光っていたんだ」

そこで、父に会いにいき、父の運転でレストランへ向かった。そこは、遠からずやってくる父の葬儀の日に、教会で葬儀を終えて墓地に向かう前に、昼食会をする予定のレストランだ。父はすべての計画を立て、私に伝えようとしていた。

店の主人が、窓際のテーブルに案内してくれた。父はいつものように楽しくジョークを飛ばしている。私はぎこちなく腰を下ろし、窓の外に目をやった。通りの向こうの建物は、母が親友と、初めての会社である旅行代理店を始めた場所だ。学校が早く終わる水曜日には、いつもより長くバスに乗って、よく母のオフィスへ来たものだ。紙や新しい絨毯(じゅうたん)や塗りたてのペンキのにおいを、今も覚えている。それに、ビジネスウーマンになった母と親友が、どれほど誇らしげな顔をしていたかも。

振り返って父を——私のと、形も見た目もそっくりな——節くれ立った父の手を見て気がついた。ちゃんとやれる自信がない。ミドルエイジ・マッドネスの下り坂にあえぎながら、父の葬儀について、父と話をするなんて。

私は最近、父に言わせれば、いくつも挫折を経験している。お金の心配もしているし、将来の不安も抱えている。

でも、もう一つの心配事は、ピンチだと父に知られてしまうこと。父はいつだって私を自慢に思ってくれていた。**「結局挫折した」なんて思って死んでほしくない。**

私は言った。「ついに出会いがあったのよ」

私はいつも、父に彼氏の話をしていた。それどころか、父には気の毒な話だけれど、彼氏を努めて紹介していた。これは一見、賢明には見えなかっただろう。父は「男を見る目がある」と自負していて、父にかかれば、ほとんどの男は出来損ないだったから。あるときなど、妹が連れてきた彼氏を「わが家の敷居をまたぐな」と追い払ってしまった。「あいつはワルだ。目的は一つしかない」と。

それでもどういうわけか、私は相変わらず彼氏を家に連れてきては、父に会わせていた。相手が帰ると、父は必ず首を横に振っていた。ある彼氏のことは「マザコンだな」と言い、別の彼氏のことは「とことん自分勝手なやつだ」と評していた。「気づいてるか？　あいつはずっと『俺が』『俺が』と言っている」。当然の破局を迎えたときには、いまいちな彼と別れたことを必ずお祝いしてくれた。

「そうか」。「理想の彼氏」について話し終えると、父は言った。「その人は紳士のようだな」。そして、少し黙ってからこう言った。「彼に伝えてほしい。ぜひお会いしたいところだが難しそうだ、とね」

そして、その日はやってきた。私は彼氏に電話した。「父が死んだの」。そう言って、少し泣いた。「すぐ行くよ」と彼は言ってくれた。

彼を待っている間に気がついた。父が亡くなることは覚悟していたけれど、この悲しくてとてつもなくプライベートな時間を、知り合って間もない人と一緒に乗り越えるなんて思ってもみなかった。彼は、父にも家族にも会ったことがない。こういう場合、どうしてもらうべきなのだろう？

「君が望む形で、力になりたい」と彼氏は言った。「どうしてほしいか言ってくれたら、その通りにするよ」

そこで、今から起こることを考えた。まずは長いドライブ。そのあと、蓋の開いたひつぎの中に眠る父と、3時間の対面。B&B(ビー・アンド・ビー)で1泊してから、お葬式、昼食会、それから墓地。墓地で父は、母の隣に、おじの、祖母の、祖父の、曽祖母の隣に横たわるのだ。そして、数少なくなった古くからの友人と、ひと握りの親戚だけが残される。

決して楽しくはないだろう。でも、彼がそばにいてくれたら気持ちが楽だ。とはいえ、そんなことをお願いできるほど、彼のことを知っている？　そこまで彼のことを信頼してる？

でも、とにかくお願いした。「一緒にお葬式に来てくれない？」

「もちろんだよ」と彼は言ってくれた。驚くほどすんなりと。

この秋は大変なことが多かった。コネチカットへの道中、木々はもう茶色くなっていた。「大丈夫だよ」と言って、彼氏は私の手をぎゅっと握った。「覚えておいて。2人で一緒に乗り越えるんだよ」

今は人生最悪の瞬間かもしれないけれど、ふと思った。もっと、ずっとつらい展開になってもおかしくはなかった。

私も、ぎゅっと手を握り返した。

「愛してる」

「ぼくも愛してる」

もちろん2人とも、自分が本気かどうかなんてわからなかった。いや、たとえ本気だったとしても、「愛してる」の意味などよくわからない。わかる人なんているのだろうか？でもたぶん、**中年になることの素晴らしさの一つは、「世の中には変わらないものもある」と知っていること。**

第9章 スーパーミドルという人たち

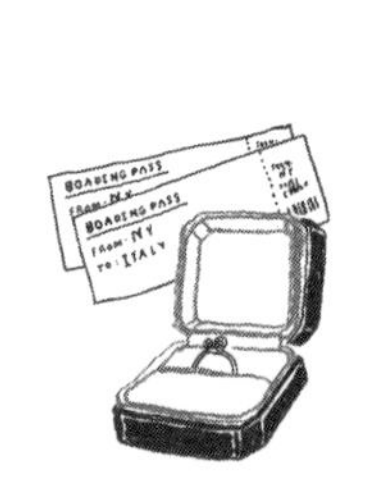

とはいえ、ほかの多くのことは、もちろん変わる。「ニュー・ミドルエイジ」（これまで中年（ミドルエイジ）と呼ばれていた40～50代より上の層を指す）の途中で、人々は2つのカテゴリーに分かれ始める。「スーパーミドル」と「その他大勢」に。

「その他大勢」は、わりあい簡単に見つかる。私たちのほとんどと同じで、鏡を見ても、それが自分の顔だと気づかない人たちのことだ。そんなふうに自分の顔とちょっぴり距離ができるのは、人生の小さな謎の一つだけれど、何をしようと、たいていの人は逃れられない。でも、ここにはある種の民主主義も存在する。**経年変化によって、20代の頃、誰が美人で誰がいまいちだったのか、よくわからなくなるのだ。**今ではジャガイモみたいな薄毛の男性が、かつてはセクシーなイケメンだったなんて、とても信じられない。もちろん、逆もまた然り。向こうも、あなたがかつてはサラサラのロングヘアで、ビキニ姿を拝みたくなるようなナイスバディだったなんて、信じられないだろう。こんなときは、パーティで久々に昔の友達に会ったら気づいてもらえなかった、なんてことが起こりがちだ。幸い、たいていの相手には、やり返せることに気づくだろうが。

初めは「自分の顔とのちょっとした距離」に違和感を覚えずにいられないが、すぐ慣れる。それどころか、このピンチも、中年が仲間と絆を深めるチャンスに変わる。

ところが、群衆の中にポツポツ混じっているのが、中年のもう一つのカテゴリー。「まったく年を取らない」し、見た目も「まるで変わらない」人たちだ。変わらないどころか、健康的な習慣をコツコツ守り、美容もうまく利用して、前よりむしろ若返って見えるかもしれない。

これが「スーパーミドル」だ。かつてと変わらないばかりか、さらに向上している人たち。

たとえば、カール。子ども中心の生活を送っていた20年前、カールはひどい状態だった。体調を崩し、ぶくぶく太って、いつも不安に駆られ、感情の起伏も激しかった。それが今では自信にあふれ、すっかり健康になって、イタリアのデザイナーブランドを着こなしている。髪がふさふさなのもいい感じだ。スピードの出るオープンカーを運転し、それも様になっている。

一方、かつて成功していたカールの仲間たちはみんな、燃え尽きてしまった。分別盛りの中年らしく、午後はゴルフで、午前中はもっぱら医者通いだ。でも、カールは違う。新しい会社を立ち上げたから、30代のかっこいい人たちと一緒に過ごさざるを得ないのだ。

そう、カールはうっとうしい。「かっこいい30いくつの人たち」について話すなんて、イライラする。50を超えた人間は、誰も彼らのことなど気に留めていないから。それでもやはり、カールには一目置かずにいられない。

それから、ヴィクター。ヴィクターはもともと、時給800ドルの企業弁護士だった。ところが、妻に棄てられ、クビになり、どん底を味わった末にカムバックを果たした。「天職は人を助けることだ」と気づいてパイロットの免許を取り、小さな飛行機を買って、今は物資を必要としている被災地へ飛んでいる。ヴィクターはいい人なのだ。

実はこれが、スーパーミドルの大きな特徴の一つだ。彼らは、今よりよい人間になろうと努めている。肉体を鍛えるだけでなく、心も魂も磨いている。スーパーミドルとは、向上し、確固たる幸せを手にしようと努める人たちなのだ。今度こそ、正しいことをしようと。

たとえば、マリリンの新しい友達のレベッカ。

10年前、レベッカは「一体どうやって仕事と家庭を両立してるの?」とみんなが舌を巻くような女性だった。ところが50歳を迎えた頃、夫が失業して離婚に至り、その後は自分も失業し、典型的なミドルエイジ・マッドネスの時期を過ごした。酒におぼれ、自分にふさわしくない男性とばかりつき合っていた。そんなある晩、望みを託していた男性から言われた。「お前のほかに、2人女がいるんだ」。カッとなって男の頬をはたくと、お返しに肩にガツンと一撃を食らい、倒れてしまった。これが警察沙汰になり、さらには学校のグラウンドのすぐそばでスピード違反でつかまって、さすがに目が覚めた。

レベッカはお酒をやめ、代わりに運動を始めた。**最初にボクシングを選んだのは、怒りがたまっていたからだ。**こうしてゆっくりと、人生が好転していった。

今ではミニトライアスロンのトレーニングをし、女性の投資をサポートする新しい会社を経営している。業績は好調で、最近さらに大きな家を買った。

最大の変化は、レベッカがもう自分に腹を立てていないこと。暴飲暴食をし、めちゃくちゃな生活をしていた頃は、絶えず自分を責めていたけれど、今はかなり幸せな気分だ。もうだらしない自分に腹を立て、時間を無駄にしなくてすむ。「ここまでの話、理解してくれた?」とレベッカが聞いた。「ええ、もちろん」と私もうなずいた。

こうして時間を無駄にしなくなったレベッカは、最近「理想の彼氏」を見つけた。ブラッドというスーパーミドルの男性だ。

新たな領域のカップル

レベッカと同じように、ブラッドも運動オタクだ。毎日1時間、気功にいそしみ、水上スキーやヨガもたしなんでいる。それにスーパーミドルだから、レベッカへの気持ちも臆せず表現してくれる。レベッカを「運命の人かも」と感じ、深入りするのも恐れていない。

実際、真のスーパーミドルらしく、つき合いだしてまだ4ヵ月だけれど、「一緒に暮らしたい」と考えている。

そして、家族にも紹介したがっている。

ある日の午後、マリリンと私がキティの家にいると、にぎやかな声を上げてレベッカが入ってきた。何でも、完璧なスーパーミドルのブラッドがプライベートジェットをチャーターし、彼女をメイン州のお屋敷で開かれる家族の親睦会に連れていこうとしているらしい。

私たちは、彼女のとてつもない幸運を喜んだ。「素敵ねえ！」「何を着ていくつもり？」とはしゃぐ声が、キッチンに響き渡った。

「でも、行きたくないの」とレベッカは言う。

自分の意向を聞かれもしなかったことに、腹を立てている。ブラッドは、そのほうがロマンティックだからと唐突に切り出したのだけど、レベッカにはその週末、すでに予定があった。仲間たちとの約束だから、キャンセルしたくない。何でブラッドは覚えていなかったのだろう？　何で私が昔の仲間との約束をキャンセルして、見ず知らずの人たちと過ごさなくちゃいけないの？

「でも、見ず知らずの人たち、とは言えないんじゃない？」と私たちは指摘した。ブラッドの家族なら、いずれレベッカの家族になる人たちかもしれない。

「それでも、知らない人たちよ」とレベッカは反論した。

こうして堂々めぐりに陥ったけど、私たち3人は、「メイン州に行きたくない」という彼女の主張をわがままと見なして、「彼との関係を優先すべきよ」とアドバイスした。**わがままは、とくに資産家のスーパーミドルが相手なら、まず許されないからだ。**

そういうわけで、レベッカは家族の会に出かけ、みじめな気分になったものの、「まあいいか」と思った。

そして2週間後、ブラッドは荷物を新居に運び始めた。

マリリンと私は、レベッカの新しい家で開かれたパーティに参加して、ブラッドのこと、新しい家、それに中年が切り拓きつつある新たな展望をお祝いした。そのパーティでやるべきことは、招待客をぐるりと見回して、その新たな展望とやらを信じることだけ。誰も彼もが魅力的で、見た目より年上であることを嬉々として受け入れている。男性は力こぶができているし、女性はお尻や太ももの筋肉がきゅっと引き締まって、いかにもエクササイズパンツが似合いそう。みんな、人生でちょっぴり重要なことや意義のあることをしていて、そこを大事にしている。部屋の中は、陳腐なほめ言葉やら、おめでたい決まり文句、それに笑い声であふれていた。

「大事なことは、美しくて健康な人たちが一つになることよ」とレベッカが力説した。「今や年齢はどうでもいいものになった。私たちはみんな、新たな領域に足を踏み入れたの。もう何のルールもない。恋愛関係だって、どんな形を取ってもいいんだもの」

まあ、そうはいかないときもあるけどね。

その後マリリンと私はおいとまし、家に帰ってスーパーミドルの一夜の、心地よい眠りについた。一方、レベッカの家では、ブラッドが「おかしく」なって踊りだし、お得意のエルビス・プレスリーの物まねを始めていた。物まねしても別によかったとは思うけど、折り悪くその最中に、レベッカの22歳の娘が帰ってきた。「最悪。一生忘れられない光景よ」と吐き捨てると、彼女はダッと部屋へ駆け込み、ドアに鍵をかけてしまった。レベッカは娘をなだめようとしたけれどあきらめて、代わりに、パーティでめちゃくちゃになった部屋を3時間かけて片づけた。その間ブラッドはと言えば、カウチに寝そべったまま、ずっとテレビを観ていた。

彼は単に、ごく普通の恋愛関係において、ごく普通の男がすることをしていただけだったけど、レベッカはとにかく心に決めてしまった。「こんなのダメよ」

だから翌日、ブラッドと別れた。

ブラッドのほうは大ショックを受けた。マリリンが会議で会うと、ブラッドはレベッカの話をして、「愛してたのに」と泣きだした。ニュー・ミドルエイジの男性がいかに繊細で素晴らしいかを物語るこのエピソードに、マリリンは言った。「彼と別れるなんて、レベッカは本物のバカよ。ブラッドは素晴らしい男性だし、何もかも持っているのに」

スーパーミドルは「禅」に夢中

2ヵ月後、レベッカは別の人とデートを始めた。私はふと思った。もしかしたら中年のデートは、レベッカが望んでいたような、美しい新たな経験をくれるのではなく、20代、30代の頃にしていたような、相手をとっかえひっかえする「シリアルデート」の別バージョンにすぎないんじゃないか、と。

それは、どんな感じなのだろう？

あるスーパーミドルのカップルがキティの家に泊まりにきたとき、何となくわかった気がした。

多くのスーパーミドルと同じように、彼らも60代だった。ミドルエイジ・マッドネスが思いのほか長引く場合があることを思えば、60代というのもうなずける。また生活が落ち着く頃には、みんな新たな大台に乗っているのだ。でも、10歳年を取ったことを除けば、スーパーミドルに老けた部分は見当たらない。

61歳のキンバリーと67歳のスティーヴンがいい例だ。キンバリーはかつて女優だったが、子育てでキャリアを手放した。スティーヴンは元オリンピックのスキー選手で、今はコロラド州のアスペンでスキーのインストラクターをしている。私たちは、2人がどんな関係なのか知らなかった。スティーヴンはキティの古い友人で、「家に泊めてくれる？」と聞くから、キティは「いいよ」と返事した。ひょっとして「君に興味がある」とでも言いだすのかと思っていたら、その後の電話で「友達が一緒でもいい？」と尋ねてきた。

「その人、彼女なの？」と私は聞いた。「何でその人を連れてくるの？」

「わからない」とキティ。

2人はいくつか荷物を抱えてやってきて、全部同じ部屋に運んだ。スーパーミドルの例に漏れず、彼らも健康オタクだった。荷ほどきをすると、2人は冷蔵庫に入れなくちゃいけない特別なビタミンや薬が入った容器を持って、1階に下りてきた。

それからまた2階に上がって、水着を着て外へ出た。

2人とも、典型的なスーパーミドルの体型をしている。つまり、週に10時間も12時間もエクササイズしているおかげで、どの年齢層のどんな人たちより、はるかにいい身体をしているのだ。しかも、それを自覚している。**60いくつの身体に小さな布きれ1枚で、気取って歩き回るのをみじんも恐れていない。**

2人はしばらくそうしたあと、パドルボードを見つけた。スーパーミドルは「ボード」と名のつくものを見ると、乗らずにいられない。案の定、ザブンと水の中に飛び込むと、パドルボードの周りで泳ぎ、そのうちボードに飛び乗った。

30分後、パドルをこいで戻ってきた2人を見て、私はキティを外へ引っ張り出した。

「あの人たち、大っ嫌い」とキティが言う。

「私もよ。でも、感じよくしないとね。でないと、私たちがヘンなやつに見えるじゃない」

2人が陸地に戻ってきたので、私は会話を試みた。キンバリーに「パドルはどうでした?」と尋ねてみる。すると「美しかったわ。禅の心よね」と来た。そして、私を頭の先から足の先までじろじろ見てから言った。「あなたもやってみるべきよ」

私はにっこりしたけれど、「もうやったわ」と言いたくなった。それに、禅の心なんてちっとも感じなかった。もちろんキティも同じだ。

いきなり気づいたのだが、**スーパーミドルとはコミュニケーションが取りづらいかも。**彼らはとにかくビタミンとエクササイズと禅に夢中で、キティや私が使わない言語で話している。

でもその後、キンバリーとの話題が見つかった。彼女、ある発明をしたというのだ!

実は、最近何かを発明したというスーパーミドルの女性に会うのは初めてじゃない。スマホ画面のフィルターを発明した女性もいたし、今までにない織物の製法を思いついた人もいた。キンバリーは、セルライトを破壊するマシンを発明したという。大勢の人が「ほしい！」と言ったので、今度はマシンの製造方法を考えなくてはいけなくなった。だから、中国出張から戻ったばかりだ。

中国のホテルで初日の夜は、泣いてしまったという。「私には無理かも」「私は詐欺師かもしれない」と怖くなったのだ。そこで、息子に電話した。

「できるよ、母さん」と息子は言ってくれた。「ぼくらはできるとわかってる。母さんを信じてるから」

キンバリーは電話を切って、しっかりやった。中国には10日間いたけれど、自分が立ち上げた会社だから、すべてをうまく回そうと休みなく働いた。

そして今、ようやく自由な週末を手に入れたから、「リラックスしたいの」と言う。

私は、スティーヴンについて尋ねてみた。「つき合ってるの？」

すると、ややこしい答えが返ってきた。スティーヴンは既婚者だが、デンバーにいる妻とはもう一緒に暮らしていない。いずれにせよ、突然旅行に誘われて驚いたけれど、「いいわよ」と答えた。2人は1980年代からの古い友達で、彼は「素晴らしい男性」だから、ずっと「人として大好き」だったそうだ。

いくつになっても恋愛する？

スティーヴンとキンバリーがキッチンに来て、さらにビタミンを飲んだ。それから、ビタミンB12の効能を語り始めた。「みんな、B12のカプセルを飲むべきだ」と言われたけれど、キティと私は遠慮した。するとキンバリーが言った。「そのほうがいいかもね。人口の5パーセントはB12にアレルギーがあって、飲むと風船みたいに破裂しちゃうから、その1人かもよ」。そのあと2人は、「私たちのことは気にしないで」と言って、また部屋に戻っていった。

しばらく時間がたった。キティと私が、興味津々になる程度には。「真っ昼間に部屋に上ったっきり下りてこないなんて、どういうハウスゲストよ？」とキティが言う。

「たぶんセックスしてるのよ」

確かめようと、私は2階へ上った。忍び足で廊下を進むと、音楽とクスクス笑う声が聞こえた。部屋のドアが薄く開いている。おそらくしっかり閉めないと、少し開いてしまうのだろう。

私は中をのぞき込んだ。ほんの一瞬、水着姿の2人がベッドに横たわり、内輪ネタで笑っているのが見えた。大ウケしていたけれど、すぐ私に気がついた。

「あらっ？」とキンバリー。

「どうぞ中へ」と、スティーヴンが起き上がって言う。

「どうしたの?」とキンバリーが聞いた。

「あの……」と私。夏だから、夏にありがちな質問をした。「トウモロコシを食べませんか?」

「トウモロコシ?」と言って、彼女はスティーヴンを見た。「私はトウモロコシにはうんざりなの。もうこれ以上食べたくない」。そして、2人で笑った。

「君は何なの? 風紀委員かい?」とスティーヴンが言うと、2人はさらに大笑いした。

私は、ヘッドチアリーダーとアメフトのクォーターバックがいちゃついてる現場を偶目撃してしまったオタクの気分だった。ほうほうのていでキッチンに逃げ帰って、思った。


中年のデートは結局、高校時代に戻るのだろうか?


相手を選んで、拒んだり拒まれたり、というサイクルが、永遠に続くのだろうか?

その後、クウィーニーに尋ねてみた。「もし今の彼氏と別れたら、また別の人を探す?」

「当ったり前じゃないの」とクウィーニー。

「あなたが60歳でも?」

「探すよ」

「70なら?」

「もちろん」

「80は？」

「何でダメなの？」。クウィーニーは、83歳の共通の友人の話をしてくれた。彼女には最近、新しい彼氏ができたそうだ。

そう、たしかに。何でダメなの？　中年がデートしたり、さらにその先へ行くのは、人生を手に入れるためじゃない。みんな、人生——子どもや元パートナーや親や仕事——はすでに手に入れている。**今回の恋愛こそ、よりよい人生を送るためのものだ。**ふと思い出したのは、20代や30代の頃に、自分たちがまくし立てていた恋愛論だ。——恋愛は人生という名のケーキの飾り（アイシング）であるべき。人生そのものになってはいけない。今なら、それを実践できそうだ。

「あなたはどうなの？」とクウィーニーに聞かれた。「『理想の彼氏』と別れたら、別の人を探すの？」

その問いへの答えは、私にはわからなかったけれど、マリリンはわかっていた。

人生に勝利する結婚

マリリンは心に決めていた。「理想の彼氏」と結婚する、と。プロポーズはまだされていないけど、きっとされるとわかっている。もうすぐにね。2人はイタリア旅行に行くことになっていて、彼には現地に宝石商の友達がいるから、「指輪を買ってあげたい」と言われたのだ。

　そして、女の世界の古くからの伝統に則って、マリリンはすでに結婚式の計画を練っている。

　まず、2人が大好きでよく散歩しているビーチで結婚式を挙げる。それから、近くのミニチュアゴルフコースで会食。クラブハウスには昔ながらの小さなレストランがあって一日中朝食を提供しているから、式の招待客は、ベーコン付きパンケーキやワッフル、ソーセージ、本物のメープルシロップ、フレンチトースト、それから、とろりとしたオランデーズソースを添えた数種類のエッグベネディクト、といったごちそうが食べられる。

　ブライズメイドを務めるのは、きっと私たちだ。私とサッシーとキティに、たぶんあと5〜6人の女友達になりそう。マリリンには女友達がたくさんいて、みんなマリリンが大好きだから、彼女のためなら何だってするだろう。「ビーチからミニチュアゴルフコースまで、みんなで歩いたら？」と提案してみた。ほんの2キロ半くらいだし、そうやって20分間のエクササイズをはさめば、会食で摂取する数千カロリーをうまく消費できそうだ。

　サッシーは、「みんなで帽子をかぶったほうがよくない？」と考えていた。だから帽子はかぶるだろうけど、ウォーキングはパスするだろう。

　キティも歩きたくないから、すでに決めている。「会食ではなんにも食べずに、コーヒーだけにするの」。みんな、「私たちがブライズメイドだなんておかしくない？」という思いが頭をかすめたけれど、「やりたいようにやればいい」と思い至った。**他人からどう思われるかなんて、気にする必要ある？**

マリリンが言った。「誰かにバラの花びらを、ビーチにまいてもらいたいな」

マリリンが結婚すること自体が、勝利だという気がした。それは、不可能を可能にする勝利。下り坂に負けず、前進する勝利。年齢やミドルエイジ・マッドネスや人生が投げつけてくるありとあらゆるものに、人柄と情熱と信念で打ち克つ勝利。

マリリンの結婚は「たまには映画みたいにハッピーエンドを迎える人もいる」という証しのような気がした。そして、私たちが知るあらゆる女性の中で、それに一番ふさわしいのはマリリンだ、という気がした。

でも人生は、なかなかそうはいかない。

第10章 悲しみの季節――マリリンの物語

その前の年、私たちみんなが自分の未来におびえていたあのミドルエイジ・マッドネスの晩冬、マリリンは不安をさらに一歩深めて、両手首を切った。しかも、横にではなく縦に切った――「違いはネットで調べたの」と、あとで説明していた――けれど、マリリンは死ななかった。その代わり、2時間も血が止まらなかったから、自分で車に乗って800メートルほど運転し、アポなしで診てくれる診療所に駆け込んだ。そこからすぐサウサンプトン病院に運ばれて、何件か短い電話をかけることはできたけど、そのあとまたロングアイランド島の中央にある州立の診療所に移された。

2〜3日おきにマリリンが電話をくれて、ことの顚末を聞かされた。ゾッとするような話だった。「もう何が起こっても、絶対にあの状態には戻らない」そう言った。

病院は10日後に、ようやく退院を許した。オーストラリアから弟が来て、彼女をシドニーに連れて帰った。そしてシドニーで、やっと正確な診断が下された。マリリンは、双

極性障がい（躁うつ病）だった。

それもうなずける。彼女の父親も、双極性障がいを患っているから。たとえそうでも、マリリンは最初、その診断に抵抗した。「ドクターに言われたときは、泣いちゃった」と私に話していたから。受け入れられなかったのだ。「躁うつ病の人になんてなりたくない」と。マリリンは病気を恥じていた。

でも医師は、「ただの病気ですよ。糖尿病とおんなじ。糖尿病の人はたくさんいるけど、薬を飲んでコントロールしてるんです」と説明してくれた。

だからマリリンも、「人生を変える」と誓った。お酒をやめ、毎日運動するようになった。精神科にも定期的に通って、その後は、ここ何年かで一番元気そうに見えた。

それに、家の修理もしていた。だから今では、小高い丘の上に、新品みたいにぴかぴかになった白いきれいな家が建っている。玄関の扉はすみれ色(ヴァイオレット)だ。すみれはマリリンが大好きな花で、「ヴァイオレット」はおばあちゃんと、前に飼っていた犬の名前でもある。

マリリンの庭には、花が咲き乱れている。彼女が3年も手塩にかけたからだ。そのうちの1年は、地面を樹皮(バーク)のチップで覆って植物を守っていた。最初は私も、毎週日曜の朝10時に一緒にガーデニング教室に通っていた。まじめに教会へ通う人たちみたいに。でも、「正しい水やり」ってレクチャーを、もぞもぞしながら60分も聞かされたあと、やめてしまった。でもマリリンは根気よく通って、頑張った成果が今、花開いている。マリリンも家も、すっかり息を吹き返した。
「本当に結婚するの？」と私は聞いた。「別にしなくてもいいのに、何で？」
「だって、とうとう見つけたんだもん。運命の人を」

マリリンと彼氏はイタリアへ行き、マリリンはダイヤモンドが二つついたゴールドの指輪をはめて帰ってきたけれど、「正確に言うと、正式に婚約はしてないの」と言い張っていた。その後、3ヵ月が過ぎた。その3ヵ月間、マリリンはことのほか幸せそうだった。実際誰もが「マリリンは今までで一番いい状態よね」と言っていた。仕事もしているし、とにかく体調がよさそうだった。パーティでも、たまに私の彼も誘って4人で食べるディナーでも、うっとりと自分の彼氏を見つめていた。

でもその後は、彼氏ができるとありがちだけど、マリリンと私は以前ほど会わなくなった。いや、仲間たちの誰もマリリンと会っていなかった。彼女が忙しかったから。「夏の間、週末は家をエアビーアンドビーで貸し出すの」と言って、暇な時間はひたすら持ち物の整理に没頭していた。

5月の最終月曜日の「戦没将兵追悼記念日（メモリアルデー）」から2週間ほどたったある日のこと。キティやサッシーと情報交換して初めて気がついた。ここ何日も、私たちの誰もマリリンと話していない。私はピンときた。たぶん病んでいるのだ。きのうもマリリンは「気分がすぐれない」と言って、女子会のランチをドタキャンしていた。

だから、みんなで電話をかけてみたけれど、出なかった。そして数分後に、メールが来た。「健康保険を解約されちゃったんだけど、誰かいい保険会社を知らない？」と。

マリリンが保険の問題で悩むのは、珍しいことではない。長年にわたって、自営業の独身女性として経済的な浮き沈みやら、さまざまな小さな病気やらを経験してきた彼女は、時折この手のバトルに巻き込まれている。サッシーが、何社かお勧めをメールした。

また1日が過ぎた。マリリンはサッシーにメールした。「保険のことは彼氏が一緒に考えてくれることになったから、心配しないでね」

でも、私たちは心配していた。ただし、過去にマリリンが苦しんでいたときと違って、今回は1人で家にいるわけじゃない。彼氏がそばにいる。

私がそれを知っていたのは、マリリンの車が彼の家の前に止まっているからだ。毎日ビーチ——そう、マリリンが結婚式をしたいと思っているビーチ——へ行く途中に、彼の家の前を通るから。

あの土曜日、マリリンの車を見たとき、家に寄ろうかな、と思った。でも、邪魔しちゃ悪いと思い直した。彼氏の家にいるのに、ずかずか押しかけるなんて失礼じゃない？ と。

日曜の夕方近くに、また彼の家の前を通ったときには、マリリンの車がなくなっていた。誰も家にいないから、マリリンも自宅に戻ったのかな、と思った。だから電話してみたけれど、留守電のメッセージにつながった。

寝る前にもう一度、連絡してみた。でも、メールボックスがいっぱいで、メッセージが送れない。おかしい。マリリンは常にメッセージをチェックしているのに。「明日の朝は家まで行こう」と決めた。

結局、たどり着けなかったのだけど。今も説明がつかない、おかしな状況に次々と阻まれて。

トラブルが続く日

翌朝寝坊した私は、町でいくつか用事をすませたあとに、とってもいいお天気だから、自転車でマリリンの家に行くことにした。

請求書が何枚か来ていたから、小切手を書き、それぞれを封筒に入れて切手を貼って、自転車のチャック付きポーチの中に、財布やスマホと一緒にしまった。

そして、まず銀行へ行った。自転車のポーチから財布を取り出して銀行に入り、ATMにさっとカードを差し込んだ。

早速、トラブル発生だ。

「取引が拒否されました」

何だかイヤな予感がする。

「一体何なの？」。ドタドタと窓口まで行って言う。「カードがおかしいみたいなの」

窓口の人は、ハアッとため息をついた。「おそらく機械の問題ですね」

でも、違っていた。一緒にすべてのATMを試し、ほかのスタッフもコンピューターでそれぞれ調べてくれたけれど、何が原因かわからなかった。結局、窓口で手続きをすませた。

胸騒ぎを抱えたまま、銀行を出る。出る途中で、若い男性に声をかけられた。「こんにちは、キャンディス。お元気ですか？」

「元気よ？」と、戸惑いながら言う。この人は誰？　何で私を知ってるの？

「外にあなたの自転車があったから」

ああ、そうか。自転車屋さんだ。「今日は自転車日和ですよね」と言ってくれた。

「ええ、ほんとに」

これで、明るい気分になれた。私は自分に言い聞かせた。「間違いなくいい1日になるから。銀行でのことは、小さな不具合にすぎない」。次に郵便局に寄ったら、マリリンの家へ行こう。

ところが、自転車に近づくと、ここでも何かがおかしい。なんと自転車のポーチのチャックが開いている。

開けっ放しになんか、しなかったよね？　していたとしたら、相当珍しいことだ。まあ、気が散っていたのだろう。でも、蓋を開けてハッと息をのんだ。

中が空っぽなのだ。いや、少なくとも請求書が消えている。スマホはちゃんとあるのに。盗まれたってこと？　だとしたら、何でスマホを盗らないの？

若い交通巡査がいたから、そばへ行った。血色のいい顔をした、成人するかしないかの若い警官で、横断歩道に立っている。

「すみません」と私。「あそこのオレンジ色の自転車の周りをうろうろしてる人、見ませんでした？」

警官は、ちらりと視線を向けて言った。「いや」

「ほんとに？」

「ええ」

「盗難に遭ったみたいなの」

その言葉が、彼の注意を引いた。警官はゆっくりと歩み寄り、肩の無線機に手を伸ばして口に近づけた。まるで、犯罪を報告する準備をしているみたいに。「何を盗られたんです？」

「郵便物です」

「郵便物？」

「請求書よ」

彼は、無線を切った。「何で、請求書を盗むんですか？」

私は、必死に説明を試みた。「正確に言えば請求書じゃないの。小切手よ。わかるでしょ？　請求書の支払いをするための？　切手も貼ってあったの」

「何で、誰かがそれを盗むんです？」

自分が巡査の目に、どんなふうに映っているかはわかる。蛍光グリーンの安全ベストを着てオレンジ色の自転車に乗っている、ぼさぼさ頭の中年女が、支離滅裂になって騒いでる。「誰かに請求書を盗られた！」と。

ないわ。

「たぶん、家に忘れたのね」とつぶやいて、じわじわその場を離れた。

自転車に戻ると、ハァハァ息を切らしながら家までペダルをこいだ。次々に起こったおかしな出来事を、何度も思い返してみる。すべては、不安定で混沌としたエネルギーの力場でつながっている。そして、突然胸がざわめいて、ハッとした。前にもこんな気分を味わったことがある。そう、テュコが死んだ日だ。

家に着いて自転車を放り出すと、私はスマホをチェックした。すると、ステイシーから着信があった。マイアミに住む、マリリンの友達の1人だ。

一瞬思った。何でステイシーから電話があるの？

そして、意味がわかった。

マリリンは、日曜の夜遅くか、月曜の朝早くに命を絶った。遺書はなかったけれど、遺言を残していた。火葬してほしい、と。それだけ。葬儀もナシ。何にもナシ。砂みたいな灰がぎっしり詰まった、箱だけが残るということ。

最初は、マリリンの親しい友達や遠くに住む家族が駆けつけて、身を切るように悲しくて、当たり前だけど気まずい追悼式が行われた。でも、そのうちみんないなくなって、サッシーとキティと私と時々クウィーニー、という面々だけが残った。私たちはどこにいても、とくに何気ない日常生活の中で、マリリンがいないのを感じた。キティがこう言ったように。「信じられないのよ。マリリンがノートパソコンを小脇に抱えて、財布とファイルが入った大きな革のバッグを肩からぶら下げて、ひょいと玄関から入ってくることがもうないなんて」。マリリンは郊外に引っ越しても、やっぱりどこかでずっと「ポーター」を引きずっていた。

私たちは悲しみに覆われて、永遠に低く垂れ込めた雲の中に閉じ込められた気分だった。動けないし、息もできないし、クタクタに疲れていた。お互いの家を行き来し、キッチンテーブルに座って、ただじっと見つめ合う。

そして尋ね合うのだ。「何でよ?」

みんなで言い合った。「マリリンは恋をしていて、結婚間近だったじゃない」『理想の彼氏』と素晴らしい人生が送れたはずなのに」「とっても元気だったよね？」「気分もよさそうだったよね？」。もしかしたら気分がよくなりすぎて、薬をやめてしまったのではないだろうか？　私たちに思いつく理由は、それしかなかった。

あの月は、相次いで人が亡くなったり自死したりした。ほとんどが50代の女性で、みんなマリリンと同じように、すべてを手にしているように見える人たちだった。でも、ほかのみんなと同じで、実は手にしていなかった。背後に見え隠れするのは、お金の問題や人間関係の問題、それに健康問題だ。だけど、**ほとんどのケースで感じたのは恐れ。先の見えない未来に対する、純粋な恐怖心だ。**

友達と一緒に不安を乗り越える

自分はダメ人間かも、という恐れ。もう二度と誰からも愛されない、という恐れ。本当に1人ぼっちだという恐れ。誰も気に留めてくれないし、人生がただただ悪化していきそうだ、という恐れ。実は、思い描いているような明るい未来など、どこにも隠れていない、という恐れ……。

これがあの長かった冬、寒くてじめじめしたお天気のように、私たちの骨の髄にまで忍

び込んでいた恐れだ。こんなふうに、私たちは心配していた。自分自身についいて。お互い

についていて。あなたもマリリンみたいに独身で、子どものいない女性なら、世の中が「この

人、この先どうするの？」なんて考えるから、あなた自身も自分のことが心配になる。独

身で子どものいない女性には、どんなシナリオも用意されていないから。

時が流れるうちに、みんなで毎日マリリンの話をすることはなくなったけれど、私は彼女のことを考えずにいられなかった。ビーチへ行くときは、車でマリリンの彼氏の家の前を通り、あの最後の週末を思い出す。そして、「マリリンはあのとき、何をしていたのかな」と考える。

時には、マリリンの家の前を通ることもあるけど、そのたびにドキリとする。マリリンの小さな白い車が、今もドライブウェイのいつもの場所に止まっているからだ。私は思い浮かべずにいられない。マリリンがこの家の中で、大きなコーヒーテーブルのそばのカウチにちょこんと座っている姿を。彼女はいつもそこで、電話の応対をしながら、ノートパソコンで仕事をしていた。

時折、マリリンがまだそこにいるふりをすることもある。「マリリンは2ヵ月ほど町を離れてるけど、すぐ戻ってくるからね」とつぶやいて、彼女に何を話そうか考え始める。「理想の彼氏」と私がまだ一緒にいること。ティルダ・ティアがデートをやめて仕事に専

念することにしたけれど、いつかまた昔ながらの素敵な恋に出会えるかも、と希望は捨てていないこと。それから何と言っても、サッシーがヴィレッジの私たちのお気に入りの通りに、新しい家を買ったこと。そこは眺めがよくて、キティの家から海をはさんで向かい側にあること。それから、パドルボードパーティの話が何度も出ていること。私もマリリンも「絶対ない」とわかっているけどね。だって、サッシーは水着を、キティは運動を嫌がっているから。

その後、ついにその日はやってきた。マリリンの家の前を通ると、車が消えていたのだ。

「これでおしまいね」と私は悲しく思った。

でも、違っていた。

サッシーと私は、マリリンの遺灰を少し持っていた。

マリリンの弟が遺灰をマリリンの彼氏に渡したら、彼氏がその一部を、私たちにも分けてくれたのだ。それは積み重ね式の透明のプラスチック容器に入っているのだが、整頓上手だったマリリンが、亡くなる直前に彼氏に渡したものだ。エアビーアンドビーに向けて家を片づけていたマリリンが、こう言ったそうだ。「どうぞ。こういうの、いつか要るかもしれないでしょ」

そして今、遺灰の入った容器は、サッシー宅の玄関の客間にある。銀メッキの大きな骨つぼの中で眠っているのだ。遺灰自体は濃いグレーだけれど、そこに白い粒が混じっているのが骨なのかもしれない。サッシーは毎日、その前を通らなくてはいけない。

だから、週に一度は私に電話してきて言う。「そろそろやらなくちゃいけないよね」

そういうわけで、9月末のサッシーいわく「ネイビーブルーの日」に――マリリンが結婚したいと望んだような、よく晴れた日に――バラの花びらではなく、遺灰をまくことになった。少なくとも、私たちはそのつもりでいた。

ティルダ・ティアが来て、うちに泊まった。「気分はどう?」と聞くから、「元気にやってるよ」と答えた。たとえマリリンの死が、父の死に次いで、ここ半年で二度目の大事な人の死だとしても。

もちろん、それは私だけじゃない。2ヵ月前、ティルダ・ティアは幼なじみをガンで失った。その子が亡くなったとき、ティルダ・ティアはそばにいて、手を握っていた。

2人で、ハグし合った。

これも、ミドルエイジ・マッドネスから学ぶことの一つだ。**大切な人の死をどんなふうに受け入れて、前に進んでいくのか。**

2人でサッシーの新居へ歩いていくと、キティに会った。もうすぐおばあちゃんになることがわかったという。それから、クウィーニーにも。こちらは、娘が大学に巣立っていった。

みんなで言い合った。「ここにマリリンもいたら、どんなに楽しかっただろうね」と。「友達みんなに会えて、マリリンはきっと喜んだはず」「ある意味マリリンのおかげで、最終的にこうして、みんなで同じ街に住めたのよね」

それから、入り江の桟橋の端っこまで歩いた。そこはわずか3年前に、マリリンが先頭を切ってヴィレッジに上陸した場所だ。

サッシーと私が、それぞれに遺灰の入った容器を持っていた。考えていたのは、容器を開けて、みんながひとつかみずつ遺灰をまいたら、手持ち花火に火をつけること。

ところが、すぐに問題が起こった。容器の蓋の溝の部分にマリリンの遺灰が入り込んで、詰まってしまったのだ。どんなに丁寧にこじ開けようとしても、開きそうにない。

少しの間、私たちはそこに突っ立って、どうしたものかと考えていた。そして全員が、「すごくマリリンらしい」と思った。サッシーが言うように、マリリンにはいつだって頑固なところがあったから。たいてい、みんながやれと言うことの逆をやっていた。まあ正直なところ、その気質は、このグループの全員が持っているのだけど。

「これはサインよ」とクウィーニーが言った。「行きたくない、って言ってるのよ」

だから、マリリンの遺灰をまた家に持ち帰った。

私はホッとしていた。遺灰をまくことに、どこかしっくりこないものを感じていたから。

その前の週、ビーチでマリリンの彼氏とばったり会った。彼のところに、遺体の「毒物検査報告書」が届いたのだが、マリリンがずっと薬を正しく服用していたことがわかったそうだ。

要するに、マリリンはすべてをきちんとやっていたけど、どういうわけかそれでも足りなかった、ということ。これで、マリリンが死んでしまった理由は一生わからない。

でも、謎はそれだけではなかった。マリリンが亡くなった日、私の小切手が消えたことを覚えている? それを誰かが郵送したらしいのだ。私じゃない。マリリンの死から何日かたった頃、支払先から何本も怒りの電話がかかってきたから。私が小切手をキャンセルしたせいで、銀行で支払いを拒まれたのだ。

何となくだけれど、マリリン——いや、マリリンの霊——が関わったような気がしてならない。

その後、またみんなでキッチンテーブルの周りに集まったとき、しみじみ思った。私たちには一つ、身をもって知っていることがある。

それは、**今はこれまで以上に、お互いに寄り添わなくてはいけないこと**。そして、私たちならきっと、そうするだろうと思った。

エピローグ　ファビュラスな60歳に乾杯！

自分ではどうしようもないことが起こり、時が流れた。そして驚いたことに、「理想の彼氏」と私がデートしだしてもう1年半になる。いつの頃からか、2人きりの生活が始まった。

厳密に言えば一緒に暮らしてはいないけど、お互いのパターンを知り、カップルがすることをしている。たとえば、ほかのカップルと出かけたり、一緒に旅行したり、うちの2匹の犬、ペッパーとプランサーを子どもに見立てて、家族みたいにふるまっている。でも、一番心を注いできたのは、**お互いにしっくりくる日常を築くこと。同じ空間で一緒に過ごすすべを見つけること**。だって、恋愛関係って結局、2人の人間が同じ時空間で、お互いの周りを回り合うことでしょ？

そして、惑星同士と同じで、パートナー同士もお互いの引力に逆らうのは難しい。いったん恋愛関係になると、マトリョーシカ人形やアクションゲーム「ダンテズ・インフェル

ノ」や「マリオ・ブラザーズ」ではないけれど、あるレベルに達したら、次のレベルに挑戦せずにはいられない。要するに、1年半つき合って初めて、こう自問している自分に気づいたのだ。もし彼氏と結婚して、彼が私の夫になったら？

何でこんなことを考えるようになったのかはわからない。「将来があいまいなまま、彼と年を重ねるなんて考えられない」と思ったわけじゃないけど、今のままでは、お互いの人生がさらにややこしくなってしまうのも事実だった。なおかつ周りも何となくだけれど、私と彼が結婚するかもと考えている。最近、「今何について書いてるの？」と聞かれて話を始めると、相手が必ず物語を持っている。しかも、「あなたが今までに耳にしたことがない話だよ」と請け合ってくれる。

「じゃあ、話してみて」と私。

するとみんな、複雑にこんがらがった話を聞かせてくれる。2人の人間が突然、互いに独り身だと気づいて、長い年月を隔ててついに（たいていは再び）お互いを見つけ、恋に落ちて結婚し、100人の友達を招いて式を挙げる。そう、この物語にはこれといって新しいところはない。当事者の年齢以外には。**彼らはみんな、70歳を超えている。**時には83歳だったり、94歳だったりする。いずれにせよ、こうした結婚式では、みんな本当に美しいのだという。なぜって、真実の愛が最後にはうまくいくと世の中に示すことより、美しいものなんてある？　だから、みんな涙を流すのだ。

その後、この結婚熱がティルダ・ティアに飛び火した。

ある日、ティルダ・ティアが電話してきて、こう言った。「何が起こったか、信じられないと思うよ」


何が起こったかは、キティとクウィーニーから聞いて、もう知っている。1ヵ月前の時点で、ティルダ・ティアには新しい彼氏ができて、その彼は本物の「理想の彼氏」だという話だった。アッパー・ウエスト・サイドに寝室が2つのアパートメントを持ち、金融業界で定職に就いている。しかもとても優しい人で、ティルダ・ティアの新しいアパートメントへの引っ越しを手伝ってくれていた。

「出会いがあったのよ」とティルダ・ティアが言う。

「聞いたよ」と私。

「違うの。言いたいのはね、運命の人に出会ったってこと。来年の今頃、指輪をはめていても、私、驚かないから」

「ほんとに？」

「マジだって。しかもこの指輪は、結婚指輪よ。婚約指輪はおそらく、半年以内にもらえると思う」

「じゃあ、1年以内に結婚するってこと？」

「そう。もちろんよ」

「結婚式もするの？」

「もちろん、式もやるよ」とティルダ・ティア。「一体どうしたのよ？」

「じゃあ、ブライズメイドも？」

「そうよ。みんなにはおそろいのドレスを着てもらうわ」

私は思い描こうとした。中年のカップルがすべてを完璧にしつらえて結婚する、この現象を。ダンスフロアには80年代の音楽がかかっていて、スーパーミドルが懐かしのブレイクダンスで仰向けになってくるくる回ってる。そして、「セント・エルモス・ファイアー」に涙目になって、互いに指を差し合い、みんなでフィーバーするのだ。たしかにこっ恥ずかしいけれど、気にしなければ、きっと楽しいだろう。

「もしもし？　聞いてる？」とティルダ・ティアが言う。

「マイケル・ジャクソンをかけるの？」と私。「それから、『セント・エルモス・ファイアー』も？」

「『セント・エルモス・ファイアー』？　一体どうしちゃったのよ？」とティルダ・ティア。「ところで、キティと話してたんだけどね、あなた、自分の誕生日はどうするの？」

私の誕生日。ああっ、と思わずうめいた。

「大きな節目よね？」

「うーん」

「みんなに年を言うの？　私があなたなら、言わないな。ずっと59で通せばいいのよ。60代後半になってもそれで通してる女性を、４人知ってるよ。だって、誰が気にすると思う？　ある年齢を超えたら、誰も気にしないでしょ」

たしかにその通りだ。

50代の誕生日に「あるある」なのは、みんなつい忘れてしまうこと。**50の大台に乗ると、誕生日なんてどうでもよくなるのだ。**ある時点で、58も52もそう変わらない、と気づくせいかもしれないし、50を超えると、自分の年がわからなくなって、52なのか55なのか58なのか覚えていないからかもしれない。2ヵ月前のキティがそうだったように。キティは55歳になったのだが、彼女にとってあまりに「どうでもいい」数字だったから、その日が誕生日だということすら忘れていた。私自身もこの10年間に2回ほど、１人でシャンパンで乾杯し、それでよしとした誕生日があったのを覚えている。

でもその後、「理想の彼氏」に出会った。彼はとても多才な人だが、何と言っても「オーガナイザー」だ。だから60の大台に乗る3ヵ月前から、いろんな質問を始めた。「お祝いに何をしたい？」「ロンドンへ飛んで、ナイトクラブでディナーしたくない？」「その週末、どこかあったかいところへ出かけない？」。どれもこれも素晴らしいとは思うけど、余計な手間がかかりそう。荷造りしなくちゃいけないし、空港にも行かなくてはならないし、行けば行ったでセキュリティチェックの列で待たされて、たぶん税関でも待たされる。考えてみれば私は、誰かのためなら喜んで、たびたびそういうことをしているけれど、自分のためにはしたくない。とくに、自分の誕生日のためには。

しかも、大晦日が嫌いなように、「大台に乗る」誕生日というのが、私はどうも好きになれない。そういう誕生会は何となくほかのパーティより楽しくなくてはいけないことになっているけど、実のところ、とびきり楽しいのはいつだって、無計画でなりゆき任せなパーティだ。

思い返してみると案の定、30のときはさておき、40歳と50歳のバースデーはどちらもちょっと悲惨だった。40になる1週間前には、半年間つき合っていた相手に棄てられた。その彼は言った。「君とはもうおしまいだ。40になるからってピリピリしてさ、つき合ってられないよ」。自分ではうまく対処できているつもりだったけど、誕生日の朝に母から電話をもらうと、泣きだしてしまった。「私、もう40歳よ。なのに結婚してないし、きっと一生できないと思う」

「お願いだから、そんなに大げさに考えないで」と母は言ってくれた。「年齢なんて重要じゃないわ」

母の言う通りだった。40代の間に、たくさんの素晴らしい出来事に恵まれた。結婚したし、仕事もたくさんした。家庭を築くことができたのだ。そしてどういうわけか、それが永遠に続くと思っていた。

でも実際には、そのうちギーギーきしみ始めた。50の声を聞く頃には、ただ疲れていたことしか思い出せない。そう、ヘトヘトに。当時、繰り返し見ていた夢がある。会議に行こうとしてオフィスビルにいるのだけれど、エレベーターの前でへなへなと倒れてしまう。そうしてただ横たわり、起き上がることができない。

それから、また10年の時が流れた。多くの人たちにとってそうだったように、それは激動の10年だった。引っ越し、離婚、そして死。かつての友情を再発見し、人間関係をつむぐ新たな方法を見つけた10年でもあった。

50代の人たちは、小さなエンジンみたいでなくてはいけない。それは、何かが効いて、事態がきちんと回り始め、**また軌道に乗れるまで何度も、何度でも再起動できるようなエンジンだ。**

そして、大丈夫なのだ。だって、みんな知らないと思うけど、60歳になれば、悪い夢から覚めたような気分になるのだから。

たぶん結局、パーティはやるべきだ。たとえ小さなパーティでも。それから、私は年はごまかさない。

永遠の59歳?

そんなのパス。

そういうわけで、キティとクウィーニーとサッシーとティルダ・ティアと「理想の彼氏」と私で、レストラン「オマール」に集まって乾杯した。過ぎていったすべてに。そして、訪れてほしいすべてに。

それから、みんなの顔を見回して、一つわかったことがある。

60歳がやってきて、これからはすべてが最高に素敵(ファビュラス)になるってこと。

訳者あとがき

SATCのファンのみなさま、物語の続きをお楽しみいただけましたでしょうか？

ご存知のようにこの本は、あの大人気ドラマ『SEX AND THE CITY』の原作、『セックスとニューヨーク』（早川書房）のほぼ四半世紀ぶりの続編である。ただしドラマは創作なので、本書にはキャリーもサマンサもミランダもシャーロットも登場しない。代わりに描かれるのは、50代になった著者のキャンディスと友人のマリリン、サッシー、キティ、クウィーニー、ティルダ・ティアといった6人組の恋愛事情だ。キャリーたちのように、マノロ・ブラニクの靴を履いて、マンハッタンでパワーランチはしないけれど、ヴィレッジのキティ宅のキッチンテーブルに集まって、やっぱり恋やセックスの話をしている。

本書の原題は、『Is There Still Sex In The City?（ニューヨークにはまだ、私がセックスできるチャンスはあるの？）』。つまりこれは、50代でシングルに戻ったキャンディスが、同じく50代の独身の女性たちと、まだ恋愛ゲームを続けられるか否かを探求する物語だ。

50代で突然、またデートの世界に放り込まれたら――？　おそらくいろんな問いが、頭の中をぐるぐる回り始めるだろう。「お腹のたるみはどうするの？」「垂れたおっぱいは？」「顔のシミやしわは？」。そもそもどこでどうやって出会うのか、いやそれ以前に需要はあるのだろうか……？　そんなもろもろの問いに、キャンディスと仲間たち、そのまた友人たちが、多彩なエピソードで答えてくれている。

読者は、モナリザ・トリートメントや脂肪吸引術に「そんな手があったのか！」と驚愕し、豊胸の落とし穴にヒヤリとし、初ティンダーデートにちょっぴりわくわくして、カビングという未知の世界に目が点になったのではないだろうか。そして、キャンディスと同じ希望を抱いたかもしれない。「私もまだ恋愛ゲームから脱落してはいないのかも」

SATCがあれほど熱狂的に世界中の女性たちから支持されたのは、キャリーたちが人生や男性に対して受け身ではなく、自分の思いを大切にし、個としてしっかりと立っていたからだろう。自分で稼いだお金で高価なバッグや服を買い、好きな男性と積極的に恋やセックスを楽しむ、デートの世界のパイオニアたち。キャンディスと仲間たちは、その精神が20数年経った今も健在であることを教えてくれた。

彼女たちは「ミスター・ビッグ」との恋や結婚に破れ、ミドルエイジ特有の衰えや喪失に悩まされながらも、体制におもねることなく毅然としている。セクハラ体質の有力者には、「まさか本気でモテてるつもりじゃないですよね？」と絶妙のツッコミを返し、対等でない恋愛関係に陥ると、「何で？　何で私がこんなことしてるの？　私に何の得があるの？」とわれに返る。そんなエピソードに、キャンディスより少し年下の私は大笑いし、「そうそう」と合いの手を入れては、「まぁいいか」と相手に迎合しがちな自分にカツを入れる。

恋愛は人生という名のケーキの飾り（アイシング）であるべき。人生そのものになってはいけない――と考える彼女たちの「理想の彼氏」像は、優しくて、自分で身の回りのことがきちんとできて、同年代の女性の魅力がわかる人。ミドルエイジの女性の多くは、首がもげるほどうなずいたのではないだろうか？　一見ささやかな望みのようだけれど、実はこういう人ってなかなかいない。それでも、よりよい人生を送るためのパートナーだから、「自立した大人であること」は譲れない条件なのだ。

6人組がそんな恋愛談義に花を咲かせる「ヴィレッジ」は架空の街だが、キャンディスが実際に住んでいるニューヨーク州ロングアイランド島のビーチ・リゾート、ハンプトンズのサッグハーバー近辺をモデルにしている。キャンディスと友人たちはこの街で暮らし、一緒に休暇を楽しんでいるそうだ。なんともうらやましい！　気心の知れた女友達が同じ街に集まって、互いに支え合うというミドルエイジ以降の過ごし方は、今後一つのモデルになっていくような気もする。キャンディスはいつも、時代の先頭を走っている。

この物語をテレビドラマ化する権利を、パラマウント・テレビジョンとアノニマス・コンテントが獲得し、本国ではすでに企画が進行中だという。面白くて、潔くて、ちょっぴりトホホなキャンディスたちの姿を映像で見ることができる日を、訳者の私も今から心待ちにしている。

最後に、感動的な序文をいただいたジェーン・スーさん、素晴らしい物語を翻訳するチャンスをくださった大和書房の白井麻紀子さん、ファビュラスなブックデザインをしてくださった佐藤亜沙美さんに、心からの感謝を捧げたい。

長澤あかね

キャンディス・ブシュネル Candace Bushnell

コネチカット州グラストンベリー生まれ。ライス大学、ニューヨーク大学で学ぶ。フリージャーナリストとして『マドモアゼル』誌、『エスクァイア』誌などで活躍し、女性や恋愛にまつわる10冊の本を書いた。中でも『ニューヨーク・オブザーバー』紙に連載されたコラムをまとめた『セックスとニューヨーク』(早川書房)は、『SEX AND THE CITY』としてテレビドラマ化され、二度映画化され、世界中で爆発的な人気を博した。現在は、ニューヨークシティとニューヨーク州サッグハーバーの2ヵ所を拠点に暮らしている。

長澤あかね Akane Nagasawa

奈良県生まれ、横浜在住。関西学院大学社会学部卒業。広告会社に勤務したのち、通訳を経て翻訳者に。訳書に『Advanced Love――上級者カップルの愛とファッション』(大和書房)、『メンタルが強い人がやめた13の習慣』(講談社)、『マルチ・ポテンシャライト――好きなことを次々と仕事にして、一生食っていく方法』(PHP研究所)などがある。

IS THERE STILL SEX IN THE CITY ?
by Candace Bushnell

25年後のセックス・アンド・ザ・シティ

2020年　7月　5日　第1刷発行

著　　者　キャンディス・ブシュネル
訳　　者　長澤（ながさわ）あかね
発 行 者　佐藤　靖
発 行 所　大和（だいわ）書房
東京都文京区関口1-33-4
電話　03-3203-4511

イラスト　itabamoe
装　　丁　佐藤亜沙美（サトウサンカイ）
本文印刷所　信毎書籍印刷
カバー印刷所　歩プロセス
製 本 所　小泉製本

ISBN978-4-479-78509-5

http://www.daiwashobo.co.jp